all jelly times / too beautiful to live / too young to die / too sweet to vanish / but love is such a sad thing

director 吴嘉伦 所有的果冻时代，太美丽了以至于难以延续下去，经历了年轻的时光，假大似丰面对之后的时降落了，多么伴着啊，希望伴着轻的罪的律酵，呵而有一件多么让人悲伤的事情。

the cover 外观

contents 内涵

feature 专题

icon 映像

collecte 恋物

3p 小说

the end

[feature]

by all mook80 staff

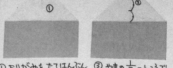

① おりがみを たてはんぶん におります。
② やまがたに りょうがわから おります。

③ やまの 1/3 のところで てまえに おりまげます。

④ はんぶんに おります。

⑤ ひっくりかえして したのかどを さゆうとも おりあげます

⑥ てんせんから うちがわへ おります。

⑦ てんせんから うちがわへ おります。

ドラえもん
ひっくりかえして かおをかいたら できあがり

keyword:
哆啦A梦

百宝袋

哆啦Ａ梦胸前有一个口袋，内有各种未来的道具。因应不同的需要，哆啦Ａ梦可以随时拿出想要的东西。通常哆啦Ａ梦会将道具借给大雄，但大雄通常都会使用不当，招致凄惨的下场。

铜锣烧

铜锣烧（港旧译：豆沙包）是哆啦Ａ梦最喜爱的食品。哆啦Ａ梦的发音（Dora-Emon）跟铜锣烧（Dora-Yaki）一词相近，不过Dora-Emon其实跟铜锣烧无关，藤子·Ｆ·不二雄之所以采取此名是当初构思此一角色时结合野猫（Dora-neko）与不倒翁两种概念而来。

129.3

哆啦Ａ梦与129.3这个数字有密切关系，从生日（2112年9月3日）到身高（129.3厘米）体重（129.8公斤）头围胸围（129.3厘米）脚长（12.98厘米）等，无一不与这个数字有联系。据说这个数据是当时日本小学四年级学生的平均身高（书中人物大雄和他的同学最初都被设定为小学四年生）。据哆啦Ａ梦爱好者研究，日本小学四年级女生身高平均的确为129.3厘米。

Q1：哆啦Ａ梦和哪组数字最有关系？
A：1、2、9、3。它出生于2112年9月3日，身高、上围都是129.3公分，体重129.3公斤（胖猫）。

Q2：为什么叫做哆啦Ａ梦？
A：据说Dora的日文意思是野猫，emon则是卫门的意思。另有一说是Dora也有豆沙饼的意思。（大家还记得它爱吃铜锣烧吧？）

Q3：哆啦Ａ梦原本就是蓝色的？
A：错，它原本是黄色的，因为耳朵没了被女友猫咀笑，伤心大哭，眼泪把体色洗掉，就变成了蓝色的。

Q4：哆啦Ａ梦的耳朵是被老鼠咬掉的？
A：错，是被"机器鼠"咬掉的，听说大雄的曾孙世修，有一天做了个黏土机器猫，要拿机器鼠把黏土版的耳朵弄成哆啦Ａ梦那样，结果机器鼠把话听反了，跑去咬掉哆啦Ａ梦的耳朵。

Q5：哆啦Ａ梦不用上厕所？
A：错，哆啦Ａ梦要上厕所，但它不用排泄，它体内的装置可以消化，不过因为它是家事用机器猫，所以会按时跑厕所，目的是为了陪小雄上厕所。

姓名：凯蒂猫（KITTY WHITE）
性别：女生
生日：1974 年 11 月 1 日
星座：天蝎座
血型：A 型
出生地：英国伦敦郊外
体重：与 3 个苹果的重量相等
身高：5 个苹果高

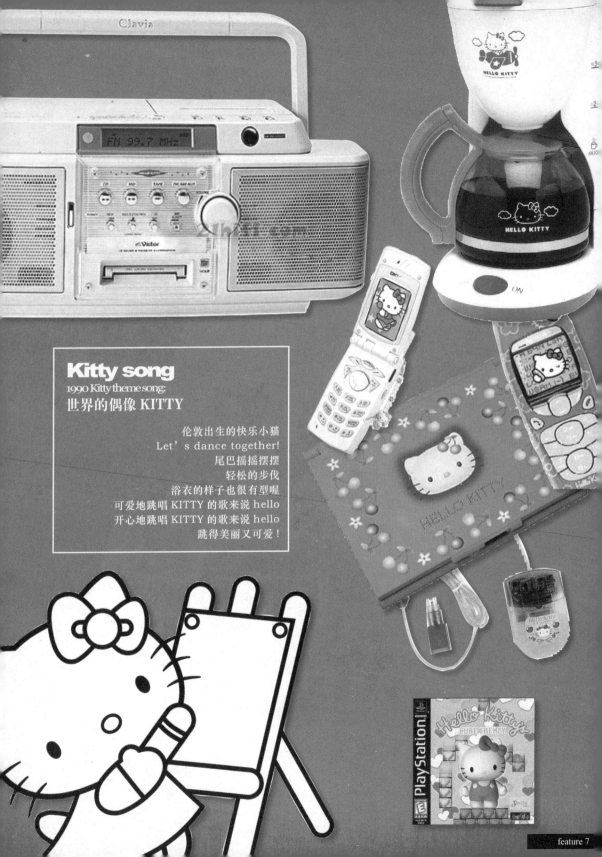

Kitty song
1990 Kitty theme song:
世界的偶像 KITTY

伦敦出生的快乐小猫
Let's dance together!
尾巴摇摇摆摆
轻松的步伐
浴衣的样子也很有型喔
可爱地跳唱 KITTY 的歌来说 hello
开心地跳唱 KITTY 的歌来说 hello
跳得美丽又可爱！

虽然《Transformer》版本众多，从第一代的汽车人——博派变形金刚和霸天虎——狂派变形金刚，到"超能勇士（BW）巨无霸——密斯姆 和 超能勇士（BW）原始兽——巴达干"系列，再到"Machine Wars"系列，以及之后的"博派狂派"系列，2005 年最新动画《银河之力》现已推出了⋯⋯但记忆最深刻的却始终是 80 年代的 Generation NO.1！

1986 年，美国孩之宝公司在得知中国将播出系列动画片《变形金刚》之后，派人来京与有关单位商谈合资生产"变形金刚"玩具事宜。因谈判失败，"孩之宝"公司就与新加坡、香港的两家玩具厂签订了合资生产"变形金刚"玩具的合同，随后又在深圳找了几个厂负责组装。

十几年前《变形金刚》动画片在中央电视台黄金时间播出后，立即在北京、天津、上海等地掀起了一股"变形金刚"热，从此，"擎天柱"、"威震天"等动画人物在中国人中小有名气。孩之宝公司的变形金刚玩具随即应运而生，产品销量惊人，几乎 90% 的儿童都有了一个"变形金刚"玩具。与此同时，关于变形金刚的漫画丛书、游戏等一系列相关动漫卡通产品也随之涌出。

完整的破坏者，
这成为经典的绿色其实很后现代，
再没有其他玩具可以将这种绿发挥得如此淋漓尽致。

keyword:
变形
金刚

《DRAGON BALL》译名《龙珠》（又名：七龙珠）是日本著名漫画家鸟山明的得意作品，1984年登场，1992年又推出《龙珠续集》。这部长篇巨作在《少年跳跃》上连载7年。很多人，包括我在内，最初是通过《七龙珠》才接触到漫画这种书本并且爱上它的，也许，当小悟空成长为拯救世界的英雄，大概也满足了80年代人童年时的幻想吧。

keyword:
Dragonball

鸟山明 (Toriyama Akira)
自述

我成为漫画家以前，曾在名古屋一家广告公司设计广告画，一干就是三年，了不起吧。这三年我几乎天天迟到。我估计老板快炒我的鱿鱼了，就主动提出了辞呈。我最崇拜的漫画家是手冢治虫先生和美国的迪斯尼。小时候，我就特别爱画《铁臂阿童木》中的机器人，直到把练习本画得黑乎乎的。我认为：我今天能成为漫画家多亏了那时的模仿，想当漫画家的人首要从模仿下手。

对我来说，漫画家才是明星。在宴会上只要遇到有名的漫画家，我就立刻请他给我签名留念。我已经攒了30多页这样的签名了。大家还记得《阿拉蕾》里有个爱收集签名的空豆美助吧？其实那就是我的影子。鸟山明就是我

的本名，爱知县只有三个人叫这个古怪的名字。我成名后，不断接到骚扰电话，真让我头疼。于是，我就想起个笔名，叫"水田二期作"。可是，编辑先生说这个名字太"无聊"，就只好作罢。

我最讨厌上电视了。那个像大炮似的摄像机一对着我，我就浑身发抖，什么话也说不出来了。而且，一想到镜头前面有几百万人正看着自己，我就吓得要尿裤子。因此，我总是找各种理由来谢绝在电视上露面。有一次，我应邀来到"彻子房间"节目组，看到以前只能在电视上看到的大名鼎鼎的黑柳彻子朝我走来，还跟我聊天，我紧张得满脸通红，浑身打颤，连自己说了些什么都不知道。结果，还没等我清醒过来呢，采访节目就结束了。说到电视节目，我只爱看《动物世界》。

keyword:
CityHunter

在大学时期，北条司留下了被漫画迷们奉为经典的名言："找不到工作也没什么啊，最多去当漫画家嘛！"

繁华都市，车水马龙……新宿车站留言板上那标有XYZ印记的地方，是神秘的通道，通向暗夜中的另一世界，通向那神秘的主角——城市猎人寒羽良，而他却在和香对着水电房租的账单发愁，因为很久没有生意了。这就是《城市猎人》中常见的开头。

漫画迷称北条司为"侠探之父"，他塑造了寒羽良这个经典形象，更由于他构建了一个充满黑暗、同时也充满光明的世界，一个我们所不熟悉的东京另一面。在那里，侠客和罪犯进行着针锋相对、你死我活的拼杀，生命瞬间流逝，但也就在这瞬间，锐利刀光与耀眼枪火闪烁之下，人的信念和尊严迸发出更耀眼的光华，因为支持它燃烧的是人间不可缺少的温情、爱、友谊、正义，是那颗虽时刻担心没有明天，却仍愿守护身边一切美好事物的猎人之心。

iPod 是 APPLE 推出的一种大容量 MP3 播放器，采用 Toshiba 出品的 1.8 英寸盘片硬盘作为存储介质，高达 10～40GB 的容量，可存放 2500～10000 首 CD 质量的 MP3 音乐，它还有完善的管理程序和创新的操作方式，外观也独具创意，是 APPLE 少数能横跨 PC 和 Mac 平台的硬件产品之一，除了 MP3 播放，iPod 还可以作为高速移动硬盘使用，可以显示联系人、日历和任务，以及阅读纯文本电子书和聆听 Audible 的有声电子书。

第一代 iPod

于 2001 年 10 月 23 日发布，容量为 5GB，2002 年 3 月 21 日新增 10GB 版本 iPod，两者都装备了 APPLE 称为 scroll-wheel 的选曲盘，只需一个大拇指就能进行操作，10G iPod 还新增了 20 种均衡器设置，iPod 使用带宽达 400Mbps 的 IEEE1394 接口进行传输，配合 Mac 操作系统上的 iTunes 进行管理，这在当时是相当先进的设计，再加上 iPod 与众不同的外观设计，让它成为 APPLE 打造的又一个神话。

第二代 iPod

　　第一代 iPod 早期的型号是为 Mac 操作系统设计的，在 PC 上难以使用它，为此喜欢 iPod 的 PC 用户不得不借助一些第三方软件来使用，苹果看到其中的商机，在 2002 年 6 月 17 日推出了能够支持 Windows 操作系统的"Windows 版 iPod"，同时增加了 20G 版本的 iPod，自此 Mac 和 Windows 版本 iPod 都有 5GB、10GB、20GB 三种容量，这就是大家所说的第二代 iPod，由此 iPod 成为 APPLE 阵营中距离 PC 用户最近的产品之一。

第三代 iPod

　　第三代 iPod 于 2003 年 4 月 28 日发布，具有 10G、20G 和 30G 三种容量，相比起第一代 iPod，第三代 iPod 似乎应该称为第一、二代的"改进版本"更为恰当，相比前两代，第三代 iPod 重新设计了整机，许多细节部分有了改进。

　　第二代和第一代 iPod 的区别就是增加对 Windows 的支持和提供容量更大的 20GB 型号，此外 10GB 和 20GB 型号的二代 iPod 采用了触摸感应式选曲环（Touch-wheel），第二代 iPod 是在第一代基础上改进的，第三代则是彻底重新设计，相比第一、二代技术规格其实没有大的改变，只是变薄变轻和加大了容量，全部采用选曲环（Touch-wheel）设计，机身变得更加圆滑，提供了 USB2.0 接口支持，另外接口被改在底部，顶上只保留了线控接口和耳塞接口。

keyword:

SONY WM-3
SONY's 3rd
walkman

well... :0

| I Google Tee 10.50$ | Boxer Shorts 12.70$ | Women's Black is Back T-Shirt 11.50$ | Google Goes Long T-Shirt 12.95$ |

| Google Beach Towel 27.95$ | Google Goes Global Exercise Ball 28.50$ | Google Goo 14.50$ | Searching for Inspiration Spiral Notebook 35.75$ |

1996 年，他们二人在佩奇的宿舍房间渐渐构思出 Google 的概念。1998 年，他们从亲友间筹得 100 万美元，在加州租了间小屋及车房作为办公室，正式成立 Google。此后，Google 业务迅速扩展，由 1999 年营业额只有 22 万美元，至去年的近 10 亿美元。昔日只有他们二人、乒乓球桌充当会议桌的小公司，今日已发展至总部占地 50 万平方英尺、员工近 2000 人的互联网巨擘。

Google 创办人——现年 30 岁的布兰及 31 岁的佩奇。

Google 的出现，实在改变了网友搜寻资料的模式。在 Google 面世前，互联网搜寻器大多列举大堆没用的互联网连结。布兰及佩奇则透过复杂的数学程式及庞大的电脑资料库，将搜寻结果重新排序，让用家在短时间获取所需的资料。在著名品牌经纪公司 Interband 2004 年发布的"全球年度最佳品牌排行榜"上，Google 高居榜首。也许你认为这是件疯狂的事，席卷全球的对一个搜索引擎的狂热。但事实就是这样，曾经满世界里都是"甲壳虫"乐队迷，现在是满世界的 Google 迷。

现在，它占有 35% 的搜索引擎市场，雅虎占 30%，微软屈居第三。市场份额为 15%。

究其历史,《俄罗斯方块》最早还是出现在 PC 机上,而我国的用户都是通过红白机了解、喜欢上它的。

《俄罗斯方块》由莫斯科科学学院程序员 Alexei Pajitnov 所设计。显然,人们一开始并没预料到它将会有如此广泛的吸引力。实际上,在游戏发明后的数年间,《俄罗斯方块》成了无数场专利官司和法律纠纷的目标,而许多公司也不遗余力地上阵厮杀,想要将游戏的创意据为己有。一个最初的版本是 Spectrum Holobyte 为 IBM 兼容机开发的游戏。1988 年,《俄罗斯方块》在街机上也变得非常流行,这都要归功于 Atari,因为他们发布了一个能让两名玩家同时游戏的版本。

还是在 1988 年,Tengen 为任天堂娱乐系统发布了《俄罗斯方块》的一个优秀版本,但它很快便从货架上撤掉了,因为任天堂指控该公司侵犯版权。后来,任天堂把那个版本的《俄罗斯方块》换成了自己的版本,可是新版本却缺乏 Tengen 版的双人对打模式和出色的音乐。到了 1989 年,任天堂着手将一个移动版本的《俄罗斯方块》

与当时崭新的 GBA 系统捆绑出售。GBA 后来成为有史以来销售成绩最佳的游戏系统,对此,《俄罗斯方块》作出了不小的贡献。

无可争议,《俄罗斯方块》是有史以来最伟大的游戏之一。然而,还有一个很强的理由让我们去掉"之一"这两个字,使它成为惟一的"最伟大的游戏"。请这样想:有哪个当代的电子游戏或电脑游戏能与它相提并论?比如说,能被 100 年后的人们继续拿来玩?

没有,除了《俄罗斯方块》外一个也没有。它是永恒的娱乐经典,但它实际上又和那些传统的经典娱乐方式不同,因为它的本质是电子化的,所以它的确属于现代产物。比如,《俄罗斯方块》与象棋就不同,你不能以任何实体形式去玩俄罗斯方块。的确,在许多年里,《俄罗斯方块》以无数形式经过了大量变形和更改,但游戏核心依然保持不变。这些游戏的核心能够提供吸引人亲自动手实践的挑战。

old games
for the " " ones...
old

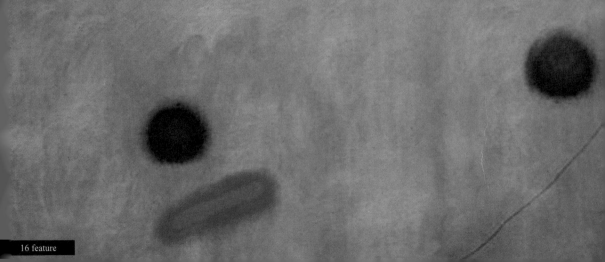

　　是成长的必然规律还是二律背反？是发自内心的真诚流露还是虚伪的故作姿态？

　　时时会梦回童年那段美好而清纯的时光，那个年代没有什么像样的玩具，没有 PSP、GBA，没有 computer 和 laptop，没有 MP3 和 ipod，基本可以说是一无所有，但是那时的童年生活却是异常充实与快乐的，我们就地取材，有许多种形形色色的游戏陪伴着我们的成长。

　　许多从前的童年游戏逐渐失传，跟科技进步和时代发展擦身而过，随之而来的边缘化恐怕是它们必然的命运吧。

　　文中所记录的各种游戏的时代大约是在上世纪的 80 年代，一些游戏也许至今仍可以看到，而更多的游戏已经消失踪迹。

　　但是我一直在怀念，怀念那些人生当中最单纯并快乐的日子！

【推掌】

两人面对面站立，相距一米左右，脚不准动，其他部位不能着地，只能用手掌相互拍击，互相推，可以虚晃一枪，目的使对方失去平衡，谁的脚先离开位置谁就输，这游戏与力量强度关系不大，更多是关于巧妙运用力量的技巧。

【撞马】

又叫斗鸡、撞拐子，最具男子气概的战斗。玩撞马人要多，分成两帮。一脚立地另一支脚放在膝部位用手挽住脚踝，开始斗，谁的手先脱离他抓的脚踝谁就死了。

曾经有一个膝盖摆在我面前，可是我撞不倒他，人世间最痛苦的事莫过于此，如果上天让我再来一次，我会选择从旁边撞!

【叠罗汉】

几个男孩在一起摆成叠罗汉的形状。这款游戏通常用来对付隔开我们与某个院里面已经成熟的红杏的高高的墙，屡试不爽。可惜那红杏总会有被我们摘光的一天，我们的游戏也就失去了继续下去的动力。

【跳马】

也可以叫做跳山羊，类似于体操中的跳马，一人做马一个人跳，我们后来觉得不够劲，都是三人并在一起，一个人跳，我的天，没有点技巧与胆量还真不好过去。

【下腰】

也称抗拐，两个人的游戏，两个人两腿前后分开站立，固定位置，前脚抵在一起，弯下腰，单手拉在一起，争取拉动对方使其脚离开原来位置就获得胜利，力量与技巧结合的游戏。

【抬轿子】

也叫坐拐轿，它由两人将双手交叉，双掌分别搭住对方前臂而成。这游戏三个人参加，两个人抬、一个人坐，游戏的结果通常都是大家都争着要坐导致不欢而散。

【丢沙包】

用碎布及针线缝成，用细沙塞满的沙包是用来"投杀"对方的武器。在规定场地内前后各一名投手用沙包投击对方，被击中者就罚下场，若被对方接住，则此人可以增加"一条命"，或者让一个本已"阵亡"的战友重新上场。

既需要少林抗打的硬功夫，还要有武当的跳跃轻功，最重要的是要有眼观六路、耳听八方的接暗器功夫，练就出一身腾挪躲闪的本领，在不知不觉中锻炼出好的身体。由于是集体对抗游戏，所以对团队协作的要求特别高。

【冲马】

一群人手拉手站成一排，形成一道墙，一个人在远处向这边冲来，冲出人墙算获胜。这游戏过于简单，通常女孩们比较喜欢玩，记得我们班的女生有一阵比较痴迷这个，直到我们的学习委员因为用力过猛导致脱臼，这痴迷才算成为过去式。

【踩高跷】

工具很简单，两把带柄铁锹，一脚一个，踩着铁锹的柄，可以进行高空行走了。有心灵手巧的便用空罐头来制作，不过那年头空罐头可也不好找啊。

【玻璃弹珠】

有点儿近似桌球的游戏，又叫弹溜溜，弹弹儿。两人以上参加。在地面共挖六个一拳头大小的小坑，前五个坑每隔一米一个，最后一个坑约隔两米，称为"虎坑"。从第一个坑外一米处向坑中弹球，球落入坑中者继续向下一坑中弹球。不中则轮换，一人一次。同一球连进五坑后，再进"虎坑"，出来后称为"虎球"。虎球可"射杀"任意对方弹球，被弹中的球算失败；其他球亦可弹中"虎球"，需连击中三次，称为"扒虎皮"，而后成为新的"虎球"，再继续射杀其他弹球。最后剩下的弹球为赢。

【翻绳】

古老的游戏，一根绳圈两个人玩，用手翻来翻去可做出多种花样。翻到一方再也翻不下去或翻坏结束。

【扇纸】

一人游戏。用纸折成三角形，折形中有缝隙，用力向下甩，会发出很响的声音。

【踩响】

一人游戏，将一张纸叠成封闭形状，在没有折的一面剪一个口，吹气使其鼓起，反向扣下，一脚踩下去，发出很大响声。

【打陀螺】

陀螺是自制的，将一根手腕粗的木头（通常是松木）的一端削平，一端削成尖形，上面插上一个钢珠，然后用自制的鞭子去打它，保持转动，这可是需要一定的基本功。这项游戏在北方的冬天比较常见，特别是在冰上，狠抽一鞭子，去放两个鞭炮回来，这家伙还在转个不停……

【打水漂】

弯腰侧身将手中的片状石头扔出，在水面掠过。打出的水漂最多者为胜。

要获得好成绩考虑的因素多矣，水质、波浪、风力风向乃至石片的选取，学问大了，相信当年的常胜将军多半不会遇到物理学习上的困惑，而我就是突出的反面教材。

【跳皮筋】

两人或两人以上组成两队比赛，以皮筋在身体部位的高低为判输赢的标准，从脚踝处开始，赢的一方可以继续升级，一直到对方双手高高举着皮筋伸向天空。如半途出错，则换拉皮筋一方上场，如此反复。

力量和技巧并重的完美锻炼，有竞争性，锻炼腿和身体各部位的协调，是女孩子最钟爱的游戏，也许是女孩子最早的形体健美操。

【打手背】

一群人的手上下放置，由最下面一个突然抽出打下来，未及躲的只好挨打，躲不及被打的时候可真是疼啊！

【拔河】

这个不用介绍大家都知道。反正我们拔河的时候从来都知道一个技巧，那就是：把吃奶的劲都使出来吧！小时候经常组织成为一种半官方的活动，甚至直到大学还有类似活动，恐怖！

【骑马打仗】

一人为马，一人为将，将骑在马身上组为一队，两队人马迎面冲将过来，杀到一起，做将的比较爽，做马的就比较惨，没有一点力气还真对付不了。这种单枪匹马公平对决的方式有点像中世纪欧洲的骑士决斗，不过也有群体战模式，那就更像亚历山大大帝马其顿战车方阵了。
记忆中我小学一二年级偶尔参与过，不过通常是败绩。

【摔跤】

没有具体的规则，两个男孩抱成一团，用尽手段要将对方摔倒。为了赢得胜利，有时是不择手段的，比如抓、咬什么的，不在乎那么多了，只要摔倒对方就会赢得男子汉的尊严。

【掰手腕】

一种男孩之间比试臂力的游戏。我们有时将它演绎为男女之间的对决，我在童年时的最大的遗憾就是我从来都掰不过我们班的体育委员，气得我总是回家抱怨我妈妈，为什么她不将我生得有力气一些。同时能在这项竞技上赢过父亲一直是大多数男孩的梦想，并将其视为长大成人的标志之一，不过尽管身高超过了父亲，这个凤愿至今我尚未实现。

【打群架】

一群男孩分成两伙，进行非暴力的战斗游戏，注重大场面，基本不会受伤，并非是因为仇恨而产生对抗，更多是一种很男人的交流方式。
这事我在小时候经常参加，不过因为身体不是太健壮，总是要挂点彩什么的，不过，我可从来没有因为这点小伤而流泪，我们的战斗中也从来不会有人因为鼻青脸肿而痛哭流涕，那样会很没有面子的。
很多时候打斗并没有章法可言，通常只是不断抡着胳膊如同风车般转动，在某些地域，俗称"王八拳"，优点是简便易学，在被人群包围时杀伤力极强，缺点是浪费体力，且容易误伤战友。

【滚铁环】

用一根弯成"U"形的铁线绑扎在一根木棍上，手握木棍推动大小不等的铁环，满头大汗瞎跑一气的运动，将一根铁条扭成环状，再用长柄的铁钩驱动铁环向前滚动。

锻炼手脚的平衡能力，同时也是男孩子最初对于驾驶汽车的向往。

成年后我发觉我对汽车还是蛮有兴趣的，为何童年时却总是滚不起来？

【吹肥皂泡】

用一个管儿，将泡过肥皂的水儿吹向天空，形成泡泡。虽然不是太正规，但是在太阳下，每一个泡泡同样是五颜六色的，每一份快乐都是发自内心的。

这游戏似乎不仅限于童年，大可分场合地使用，作为煽情手段之一。

【憋死牛】

两人游戏。双方一直对视，可做鬼脸，但不许笑，先笑者输。那种脸红脖子粗的模样至今历历在目。

【剪刀石头布】

也叫剪子包袱锤、叮钢锤，通过三种相克的手形变化决定胜者。人多的时候采用正手反手的形式，最先一个与其他人手形不一的人淘汰，最终剩下两个人的时候再采用剪刀石头布。

也有一种用脚进行的剪子石头布，有三种形式，一种是双腿左右分开，相当于布；一种是前后分开，相当于剪子，一种是不分开，相当于石头。

这游戏可谓是心理战的雏形，察言观色，乃至言语的虚张声势和威逼利诱都会影响到胜负。

【四角牌】

也叫打方宝、打纸牌，四角是用纸叠成的方块。四角分两张纸的、四张纸的、六张纸的、八张纸的等等。把一张四角放在地上，对方用相同纸张的四角来掀。轮流着掀，看谁先掀翻谁就赢了这张四角。有旧年画纸、学生课本、作业本等等，为了保证可以赢，就要保证自己的宝厚一些，又不要太容易被掀翻，有时我们就用一些小技巧，比如在里面加上油毡或者铁片，玩时通常都是将最烂的、最薄的先出手，游戏结束手持一大把废纸回家的感觉可真是美妙！

【挑雪糕棍】

将雪糕的棍儿收集起来，撒开，然后用一根棍儿去挑，一次只准挑一根，不准动其他的雪糕棍儿，出来的就是自己的了。如果不成功，则由对方开始。游戏玩起来比较开心，但是雪糕棍实在是难凑，通常是几个小伙伴收集的雪糕凑到一起才可以玩的，而最后赢得一把雪糕棍回家也是一种无上荣耀。

这个游戏的升级版是挑塑料细棍，至今记得一种广为流行的包装上印刷有孙悟空的形象。

米罗与他的《儿童游戏》

若安·米罗 [Joan Miro] 1893年生于塔拉戈纳附近的蒙特罗伊格，卡塔卢尼亚这一西班牙的画家之乡长期作为东、西方之间的桥梁，又是产生罗马风格的摇篮。中世纪时，宗教装饰画和著名的壁画曾在此兴盛一时。意大利文艺复兴使它建立了许多活跃的绘画和雕塑学校。最后，现代艺术从它那里接受了最无畏的先锋，特别是米罗和达利这两位超现实主义运动的主要人物。米罗14岁便进了巴塞罗那美术学院，后来又在加利画院学习。1915年，这位年轻人认为官方教学弊多于利，于是决定自己画自己的。他有幸获得了巴塞罗那一家大画廊的负责人、思维缜密的达尔摩的帮助。就是他支持了米罗，于1918年举办了这位画家的第一次展览。米罗当时的作品，如《司机》、《有一头驴子的风景》显然受到了凡·高的影响。他到巴黎作短期旅行时，也受到立体派的感染。他这时的作品，如果说不算是摹仿的话，起码也是明显具象的。它们是干巴巴的素描，生硬的分面，明亮而乏力的色彩。

1921年评论家莫里斯·雷纳尔在现已无存的巴黎拉利高尔纳画廊介绍了很大一批米罗的作品。行家一看便知这位卡塔卢尼亚画家的脾性，直觉、质朴、根本的反理智主义以及他已表明的对颜色的狂热，是与立体派多么相悖。米罗也参加了"达达主义"艺术运动。他不是在画家的圈子里求教于大师们的作品，而是在

与诗人和准备点燃现实主义爆竹的年轻造反者的交往中意识到自己的天职。事实上，他比任何人都更不迎合投机取巧，更不愿承受纪律和约束，生来就是无政府主义者，他本能地反对一切传统，一切对自然和博物馆的迷信。不难设想，他会热情加入一个宣告直觉神圣、知识破产、蔑视现实的运动。在两年里，他往来于巴黎和巴塞罗那之间，还是画着具象的风景和静物（《农庄》和《麦穗》）。1924年，他完成了第一幅明确抽象的非现实主义作品：《耕过的田地》。与此同时，他在安德烈·布雷东发表的第一个《超现实主义宣言》上签了名。1925年，他得到布雷东的支持，在彼埃尔画廊举办了展览。同年12月，他参加了超现实派的第一届画展。他还与马克斯·恩斯特合作，为迪阿基列夫的俄国芭蕾设计布景、服装。布法罗的阿尔伯里特画廊所藏《阿勒干狂欢节》（1925年）就是这一活跃时期的作品。

他那时的画已极具特点了。它们已经有了完整的风格：简略的形状，强调笔触的点法，精心安排的背景，奇思遐想，幽默趣味，清新的感情，以及他与非洲森林、印地安草原工匠的默契之处。这是内容搞得太多的复杂艺术，但它已包含了米罗的全部手法，他只需加以简化、明确和强调，便可拥有达到现在作品的价值和特性的非凡技巧。米罗于1928年游荷兰，并第一次到美国纽约的瓦朗丁画廊展出作品。1930年，他在巴黎戈尔芒画廊向公众出示了他的粘贴画。

1931年，蒙特卡罗芭蕾舞团向他定购了《儿童游戏》的布景和服装设计。1937年，他为博览会绘制了一幅大装饰画。1940年，他离开法国，回到卡塔卢尼亚，不久便定居帕尔玛德焦克。在枪炮轰鸣之中，他继续画着油画，而且开始搞版画，还与阿尔蒂加合作搞瓷器。1944年，他重返法国。从此，他有时在巴黎，有时在巴塞罗那作画。他的名气大了，活动也多了。除了绘画之外，他在其他方面的技术活动也同样获得成功。马格特画廊几次把他的新作品：油画、瓷器、壁毯和彩色版画聚集在一起展出。在几年当中，不管他的艺术是多么独特，他已是举世皆知了。

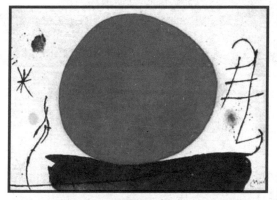

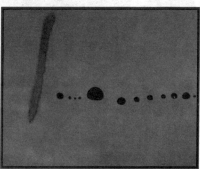

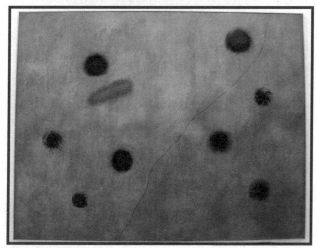

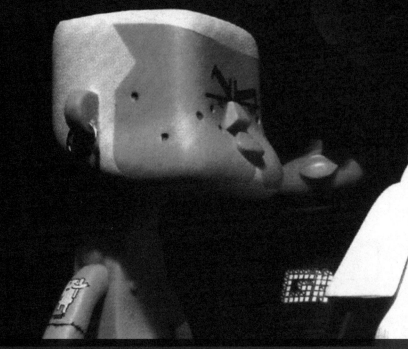

Michael Lau

我行我素

Michael Lau 一个我行我素又不失丰富情感的创作人。
Michael **Lau** 刘建文，出生于**香港**。

Michael Lau 从孩提时代就爱绘画。在高中毕业之后，他在大一设计学院修习插画，1992 年毕业于香港设计学院，毕业之后于 1993 年在香港艺术中心首次举行个展。他的第二次画展 "Water Garden" 则在 1996 年举行。

1997 年是 Michael Lau 的转折年。当时朋友组成的 "Anodize" 乐团希望 Michael Lau 为他们新出版的 CD 绘制一些插画。他受 G.I.Joe 所影响而为 Anodize CD 封面创造了第一个 Figure，而且他发现做这个比单纯画插画还好玩。于是他的第一个玩偶作品"Anodize"于同年诞生了。从此 Michael Lau 在玩偶创作道路上越行越远。

讲 ML, 谁不知道 Gardener；
讲 Gardener, 谁不知道 Michael Lau。

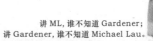

"Gardener" 系列所创造的公仔可以说是街头文化队伍的微缩景观。cap 帽、over-size T-shirt、帆布鞋、纹身、挂链、提着滑板、桀骜不驯的表情……纵使当时日本玩具市场已经非常成熟，然而当 Michael Lau 推出人手制造的 99 个 12 寸高的 figure 时，各国的玩具迷仍然趋之若鹜，甚至吸引了国际公司日本新力的兴趣。虽然拥护者不少，但是每个人形都是限量生产的，每个角色都是由 Michael Lau 亲自在纸上用铅笔勾画造型，除了衣服的缝纫以外，其余均由他独立一手创造。

"Gardener" 作品至今累计共达 104 个人物，而后这些作品于东京、中国香港、伦敦及纽约画廊举办的 Crazy Smiles, Gardenergala and Lazymuthafucka (Gardener vs LMF) 活动中展出。其作品逐步成为整个公仔文化的中流砥柱，同时也奠定了其在动漫、设计和艺术界的泰斗地位。

除了 "Gardener" 系列，Michael Lau 又相继创作了 "Tom Kids"、"Crazy Children"、"Lamb Dog"、东京暴走族系列以及为众多国际品牌如 Nike 等度身定做的 Crossover 杰作等等。

Michael Lau 可以说是公仔创作领域里的 "鼻祖"，他取得的成就是有目共睹的。每次新作发行时，其个人画廊 SIXS 以及各地的合作机构门前往往是人潮人海，海外收藏界和各路玩家更将其作品视为珍宝，备受宠爱。

Michael
Lau
created
us.

Jason Siu

玩具设计大师 Jason Siu

Woogie

Jason Siu 一直设计不同种类的 Figure 造型，并且旗下玩具也大致分为 6 大系列：Monkey Playground，Gangster Paradise，Deadman，Gravity，Soundspeaker 及 Miscellaneous。今日所说的人形喇叭 Figure 正是 Soundspeaker 系列中的一款：Woogie。顾名思义，Soundspeaker 也就是能够发声的喇叭，而继早前 Jason Siu 的红色 Woogie 已经面世之后，这次大家见到的为蓝色版本的 Woogie，样式无太大的变化，只是换了一身衣服而已，而每当放起音乐时看着颤抖的喇叭绝对是一个令你哭笑不得的事情。

看 DVD，有不同的声道可选，国语、粤语、英语、日语任君选择。搞创作的，也可以通过不同的渠道供大家传讲心中的讯息。而 JASON SIU 除了以玩具、漫画之外，还尝试以 SPEAKER 的形式来表达他 "SPEAK YOUR MIND" 的理念。在第一作 SOUND SPEAKER 人形喇叭后，JASON 再以新作 SPEARHEAD 来肩负这传讲的工作，以每一个音符来散播他这一番独特的创作讯息，讲出 JASON 的 MIND 的同时，也鼓励大家来表达出心中所思所想。

SPEARHEAD

SPEARHEAD 约 16 吋高，外型有如一个双手插袋的 B-BOY。全身穿上 "夹扒" TRACKSUIT，衫身和裤上都印上孖人 LOGO。JASON 形容这身服装的设计较为松泡泡，喜欢 HIP HOP 的朋友应该感觉很亲切。

在 JASON 过往的作品中，已经不下一次表达过 "SPEAK YOUR MIND" 这个讯息，而今天的 SPEARHEAD 便索性纳入在名为 "SPEAK YOUR MIND" 的系列之内，以这名字来为会发声的喇叭系列命名，最贴切不过。今次曝光的 SPEARHEAD，是白色的 CHRISTMAS WHITE 版本，将在 TOY 中发售，非常限量只有 50 个。与前作 SOUND SPEAKER 相比，SPEARHEAD 加入了不少的新元素。在外观上，服装的设计显得 OVERSIZE 一点，头部亦加上了四束竖起的头发。而在结构上，则参考了一些灯饰灯头部分可转的设计，为 SPEAKER 的头部加上了可做 180 度转动的关节，在摆放时以便能获得更大的弹性。至于音色方面，JASON 强调 SPEARHEAD 所卖的，并非高音甜中音准低音劲的音质，要找比它靓声的，用百多元在鸭记就可找到，SPEARHEAD 所着重的，是创作上的 CONCEPT。实际上，SPEARHEAD 也不能承受太强的输出，大家使用时可要特别留意。

KOW YOKOYAMA

横山宏 (Japan)

MODEL KASTEN Maschinen Krieger Zbv3000 Series No.27
WAVE Maschinen Krieger Zbv3000 Series No.01

FIREBALL SG

S.A.F.S. Space Type

Modeling by Terao, Fuku

NITTO Maschinen Krieger Zbv3000 Series No.07

FIREBALL

Super Armored Fighting Suit Space Type

Modeling by Miyama, Edaka

横山宏

著名的军事科幻插画家，其作品 MA.K SERIES 得到世界各地创作人的极高评价。

创作了著名的火球机器人系列，就是很难买到。

横山宏的该系列作品研发之初，在日本并不受关注，后流行至欧美广受欢迎，成为"骨灰级"模型玩家的必备，再后，在日本、港台地区广泛流行起来。

FIREBALL SG

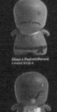

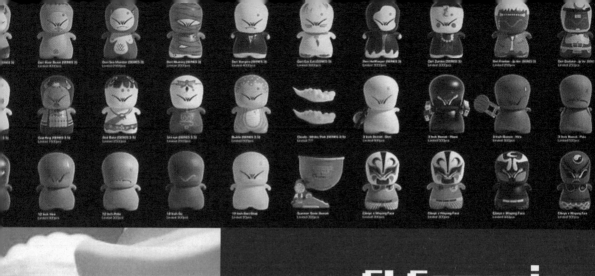

CI Campaign

CI中国生父接受MOOK80访问

屎眼军团

Ciboys 普及激袭+!

stage: 上海

异都正版玩国的 Studio 位于瑞金一路的一个小弄内，我费了一点劲才找到它。还好门口的黄色 LOGO 够吸引人，老板 William 玩笑说这才叫做"大隐于市"。这家正版公仔店是上海的 William Zhou 和法国的 Grand Gana 等几位合伙开的，William 接受了我的采访。

多进行交流和沟通。目前加入我们的已经有像 Jason Siu、Nathan Jurenvicius、David Harvoth、Paul Leung、Pal Wong 等多个国家的设计师和创意组合，他们的作品也通过"异都"的公仔玩国引进到了国内。

Q: 2004 年在上海开了第一家正版玩具店，现在已经有一家专卖店和一个工作室了。最初是什么时候有了开正版玩具店的想法？

W: 最初是在 2002 年，我开始接触这些生动的公仔，并慢慢喜欢上了它们，甚至有些时候到了用狂热（MANIA）来形容自己的心情的程度。它们不只是一个能摆出各种好玩姿势的装饰，更是一种文化，潮流和时尚的体现。随后又邂逅了志同道合的 Gana 和 Maggie 等，于是就有了筹划在上海合作开一家正版公仔店的想法。

Q: 可见现在"异都"已经初具规模，能谈谈开店至今的经历么？

W: 2004 年 4 月 18 号我们在安远路尝试着开起了第一家店，当时小店的面积只有 12 平方米左右，而且地段并不繁华。10 月的时候我们搬到了南京路，店面也扩大到 30 平方米。2005 年后，又开设了现在的工作室。

Q: 你觉得你们的优势是什么？

W: 我们尝试着把这种近年来兴起的潮流观念和年轻文化带入国内，我们也希望借助这个平台与海外的创意界

Q: 据我了解"异都"是国内第一家正版公仔的专卖店，你们做"第一人"，有没有压力和顾虑。

W: 有，当然有。（William 点上一支烟，继续说。）除了觉得要把这么酷的好玩意介绍给大家，我们当初真的

"我们当初真的不清楚我们的产品会不会有市场，可以说是铤而走险"

不清楚我们的产品会不会有市场，可以说是铤而走险地去做的。慢慢地，我们意识到，要推动正版公仔，不仅仅是让市场认识到我们的产品，更要紧的是如何来推广和让更多的年轻人去接受潮流公仔的文化。

2004 年 5 月我们在正大广场和日本万代公司合作举办了公仔的展示会，8 月我们又带了部分与动漫相关的公仔参加了第 6 届亚洲动漫展，同年 12 月我们自己筹资在吴江路步行街举办了国内第一个非赢利性的公仔签名会，并邀请了多位香港知名设计师与本地 FANS 一起交流，整个活动延续了四天。这些活动的举办让很多本来对公仔一无所知的人熟悉并爱上了它们。

与中国首家引入店店主的最亲密接触

"许多成年人在工作之余找不到释放自己的途径，他们也许在打高尔夫的时候还一边讨论着工作"

Q: 在传统观念里玩具是孩子的专利，而如今越来越多的成人也痴迷于玩具，你觉得玩具对一个成年人有什么意义？

W: 在国内传统观念里，玩具可能应该只是孩子的专利，其实玩具更大的市场应该是成人。每个成年人都有权利做个"老玩童"，即使60岁的人也可以是10岁的"心脏"。成人能够对玩具有更深刻的认识。他们不只是单纯地去"PLAY"，更会去思考玩具设计师所赋予玩具的意义。这些玩具是赋有个性的，也能代表成人的一种思想意识。

Q: 听说你们还提供了 CIBOYS，铁人兄弟等公仔作为奖品支持了"童心制造"LOMO 玩具摄影大赛？

W: LOMO 和公仔玩具在国内对大多数人来说都是比较新鲜的，其实这个和生活状态有关，国外鼓励年轻人有好的"HOBBY"，这可以在工作之余释放自己，以轻松休闲的心态来面对真实的现实环境。大都市给每个人的压力太大了，现在很多人整天都很枯燥地工作着，承受着这种早已制度化的都市生活，却找不到释放自己的渠道。大多数人可能会选择运动，但是也可以发现很多人的运动并不是很纯粹，他们也许在打高尔夫的时候还一边讨论着工作。（笑）

"有很多像她这样非常真诚、热情的顾客，他们都是我们的朋友"

Q: 这里大概的顾客群是什么类型的人？

W: 我们的顾客群可以分为三类。第一类当属在上海工作生活的来自香港和台湾的朋友，他们很多都是从小就热爱和收藏公仔，我们为他们提供了继续保持个人爱好的渠道，让他们体验到上海这个城市的无微不至的家的感觉。第二类是一些做设计和广告创意的朋友，他们会接受很多新的信息，比较 FASHION，他们很自然地就喜欢上这些造型奇特、个性鲜明的公仔。这类顾客占大多数。第三类可以说光顾我们店之前是对公仔一无所知的，年轻人则会在惊诧的啧啧声中多出一些共同交流的话题，年纪大的也会有想摸摸这些可爱公仔的冲动，渐渐地，其中的一些就爱上了它们，一起加入了这个全新的潮流领域，成了我们的忠实成员。

Q: 开店这么久应该会碰上很多热情的顾客吧？

W: 当然，不同年龄和文化背景的人会有不同的反应。有些顾客对这些公仔爱不释手，几乎每周都要光顾我们店。去年我们举办设计师签名会的时候，有位小姐刚刚路过，无意间发现我们这边挤了一堆人，然后就是对 CIBOYS 破坏王一见钟情，之后便开始收藏 CIBOYS，每周都来光顾我们店，还把它们当做礼物送给朋友，并且热心地帮我们店做宣传，成了我们论坛的斑竹。有很多像她这样非常真诚、热情的顾客，他们都渐渐成了我们的朋友，可以说他们也为正版公仔在国内的发展起到了一定的作用。当然，也有

一些客人不太容易理解和接受这些，他们只是觉得每个公仔都够酷够怪，但不知到底有什么用，所以也常常有人问我们这些问题。有些问了价格后就瞠目结舌，有些则感叹如果有盗版便宜货就好了，还有些则跟我们谈起了市场上塑胶原料只卖多少钱一公斤的引申含义，甚至还有狠狠地对着朋友说哪怕卖了他也买不起的。但是有一点是肯定的，有公仔的地方往往是吸引了最好奇眼光的街头热点。

Q：嗯，我一进店里就看到橱窗里摆了各代的CIBOYS，各种造型的，真的非常可爱。
W：CIBOYS（破坏王/屎眼仔）是我们第一家引进的。应该说现在是非常受欢迎的。这些小公仔有自己的名字和脾气，个性还都很火爆，长相也很搞笑，摆在那里看起来酷酷的样子，的确很迷人。千万不要小看他们，其中一些早已是海外知名品牌的形象代言人咯。公仔大多创作于生活中的某一个原型，所以都有自己的个性，他们的诞生不是毫无根据的。（说到这里，William 起身拿出了 YOUNG MISS 和铁人兄弟的一款限量版。）

Q：YOUNG MISS 的全身关节都能动，铁人兄弟也是限量版的，它们的价格大概是多少？
W：铁人兄弟的新作刚发行时大多在 800 元左右一个，而像 Michael Lau 的 YOUNG MISS 一类的就比较贵，这一款现在的市价已经涨到了 2000 元左右，而且还会继续上涨。因为发行的数量实在是太少了，所以后来我们就发行了 VIP 贵宾卡，做成护照本的样子，公仔玩国的概念也就形成了。

Q：公仔的价格对一般消费者来说应该不算便宜吧……
W：嗯，是的。所以我们店有各种各样的公仔啊，有十几元的，也有限量版比较昂贵的。当然，限量版的公仔一般都是出自知名度很高的艺术大师的作品，其本身就有收藏和投资的价值，更何况有海外炒卖市场的推波助澜。不过，现在的消费者还是很精明的（笑），他们有自己的计划，往往来购买都不会超出自己的预算的，也会尝试着砍砍价格，询问能否成为 VIP 贵宾，或者是等到生日当天来选购比较昂贵的限量版，因为这个特别的日子对于 VIP 会员可以享受 6.5 折的优惠。

"能够做自己喜欢的设计来表现自己，应该是每个设计师的夙愿吧"

Q：能谈谈你们店对推广正版公仔玩具业未来的计划吗？
W：我们会努力来多做些都市个性公仔的文化推广，并且已经开始准备启动网络版的中英文刊来传递这方面的最新资讯，进一步同一些杂志合作，国内目前还没有针对年轻人的潮流玩具刊物，往往只是做一个栏目的报道。我们已经成立了一个工作室，计划在今年八月推出自己的公仔。很多本地的设计界朋友也都非常热情，给了我们很大的支持来完善这款土生土长的本地公仔。其实创意是没有界限的，现在比较多的情况是很多设计师在做些方案给客户的时候稍微加了点自己的创意就被枪毙了。能够做自己喜欢的设计来表现自己，应该是每个设计师的夙愿吧。可是国内却没有这个环境来满足他们。希望我们这个平台可以完成他们的愿望。个性化的塑胶公仔早已成了大都市潮流文化的一个重要组成元素，海外把这种塑胶的创意玩具叫做"都市塑胶风尚"（URBAN VINYL），其炙手可热的传播程度并不亚于每一季的流行服饰和最新的数码魅力，不同国度不同文化以及多元化的流行素材赋予了这些塑胶具有独特的现代感染力，艺术是一种跨越语言交流的共鸣，相信会有更多的人热爱他们。

Q：嗯，国内的设计行业的确太传统了，给设计师的自由空间太少了。
W：是的。所以国内很少有全方面的设计师，从手稿草图到电脑的 2D、3D 设计，到随后的雕刻出样以及道具配置等生产环节。大多国内设计师只是精通一二。这个也是目前的教育体制和环境所导致的。其实我接触的很多设计师他们有很多不错的想法，能力也强，但是却受到太多的束缚。从事设计和创意工作也只成了一种谋生的方式而已。

说起国内设计产品的消费市场和设计师朋友的工作现状时，William 无奈的表情让我记忆犹新。

许多消费者并没有"消费设计"的观念。正版的价值精华正是"设计元素"，可大家并没有树立尊重创意设计的基本观念。而作为设计者，他们被工作环境繁琐的程序压制着，没有自由的空间去创作，最终的成品出来了，也很难得到市场的肯定。久而久之现状让他们变得麻木，创造的热情和灵气也被消磨得所剩无几，做一台机械的工作机器是可悲的。想起一个做设计的朋友的话，"国外设计师是在玩设计，他们设计些一般人看起来稀奇古怪的东西，或者说更像个梦工场。我们公司制度死板繁琐得要命，像我这样的充满想像力的野人却不能做点自己的设计。"从产业环境到公司制度到设计者，乃至产业链的消费者，这些相互关联的复杂问题，自然是不可能靠几个人做出努力就能解决的。要改变这样的状态，还需要更多热情的"勇敢者"。

不过，至少我可以做的，是多购买几个正版 Ciboys 公仔了。

或许不久，《80 志》会考虑推出自己限量版 exclusive 玩偶呢？

William Zhou

　　Xanadu 掌门人，35 岁，主修汽车设计，从事过多种职业，2002 年告别打工皇帝生涯开始自己创业。典型的零智商＋完美主义＋理想天真，酷爱音乐和极限运动。游历海外的邂逅促成了今天的公仔玩国。勇气和自信是其两大武器，也是能获得众多海外同仁信任和合作的关键。

Grand Gana

　　自由插图画家，27 岁，行为举止只有 18 岁，喜欢抽烟喝酒，晚上从不按时睡觉，从不担心明天会怎样的乐天派，脑子里充满怪念头，在法国里昂主修艺术和设计，擅长平面和动画。旅游过太多国家，现在同其女朋友 Emilie，另一位不可思议的天才设计师在上海居住。目前正在进行其个人漫画作品 "Super Rabbit in Grosacland" 的工作中。

Ciboys 鼻祖

Richard Wong，黄书汉，1972 年出生，处女座，大学主修工商管理与设计。个人兴趣是留大光头，爱搞怪，打电玩，收藏古往今来所有的漫画书。工作起来不要命，玩起来更嫌命太少。1997 年成立网页工作设计室，2000 年创立 IT Rangers 网络公司，2002 年设计第一个 Ciboys 的公仔形象，也就是酷像其本人的 DERI，2004 年成立 RedMagic 专卖店，现在香港已开有 4 家。其作品多来源于生活中的年轻上班族原形，不同的脾气、性格和可爱搞笑的无奈发泄，使得众多年轻人在这些公仔身上找到自己的影子，成为了炙手可热的潮流新宠。海外大公司如 Sony、San Miguel 和 Toshiba 也都先后采用 Ciboys 的成员作为其亚洲地区的形象代言人，就此破坏王走入了国际舞台。其创意团队的作品还包括 Stereotype, Lalacouple, KOM, Copycat, Dream Sheep 等等。

Ciboys 首代逐个捉

Deri 白色｜不满，愤世嫉俗，爱破坏，爱幸灾乐祸，不喜欢整齐，讨厌欢乐、麻烦、人多。

Nomi 黑色｜极度火爆，长期处于暴躁状态，爱破坏，常与 Deri 比较，爱发明。

Hiro 棕色｜小但爱作弄人，尤其爱作弄 Poka，贪方便，不喜欢没有面子，害怕 Deri 和 Nomi，常做出一些令人惊讶的事情。

Poka 草绿色｜欠缺自信，长期怨天怨地，爱一个人在街头流浪，觉得 Hiro 很可怜，常 PK，但好运，不喜欢自己。

Go 蓝色｜充满自信，狂爱所有高科技产品，讨厌旧及过时的东西。喜欢从高角度看世界。眼睛发出的光可控制一切电子产品。

TO-7 红色｜长期充满能量。胸前附注电脑开关。拥有超强记忆体，过目不忘。T 字型液晶眼镜能洞悉隐藏的电脑病毒。

Migu 黄色｜Ciboys 第六代新生儿，脸上常挂着一副酒意模样，不问世事，常处于众人皆醉我独醒状态，最喜欢啤酒和一些佐酒小食，例如羊肉串烧和烧鱼干，Migu 随身武器为酒瓶，也是枕头，随时随地倒头便睡。

恶人谷
地址：上海吴江路 168 号 3 楼 10 号亭

上海吴江路以各种特色小店出名，但该处二楼平台上的店面因为有段楼梯要上，人流量少了许多，租金虽少，生意却不好做，有好几家外贸服装店老板纷纷关门了。王静的小店"恶人谷"却开得有声有色，而且越来越火。

走进恶人谷时，擦身而过的女孩子涨红着脸逃也似地出去，跨过门槛的时候还绊了一跤。店员歉意地说："她刚刚不小心拿了条'抓不住的水蛇'，大概吓坏了。"这家店的老板必定是个恶作剧痴迷者，不然也不会铁了心从各种地方搜罗来那么多整人玩具。愚人节那天，也许你印象深刻：在你拿香烟的时候，貌似正常的香烟盒子突然朝你喷水；搓着肥皂洗手，却发现手越来越脏……

打开房门，眼前一只麻袋正剧烈颤动，袋口处却露出一截猫尾巴……

6610
地址：上海市巨鹿路 661 号

对于成年人来说，玩具是追忆幼年的一个亮点，现在玩具已成为一种情趣，一种宣泄，一种时尚，因此越来越受到时尚青年的青睐。6610 是一个"玩具礼品店"，不但是小孩子喜爱的地方，也是众多成年人的汇集处。逛逛放着满满一屋子毛绒玩具的小店，是那么温馨，看着那些卡通人物的造型，会从心底重温童年快乐生活。这里还有相当一部分木制、铁制的益智类玩具，给大家带来快乐的同时，又可以让大脑做一下"有氧健身操"。

香橙乐园
地址：上海衡山路

不清楚现在的孩子们心中的童话偶像是谁，但我清晰地记得曾经的自己是多么迷恋《安徒生童话》世界里的丑小鸭，幻想着有朝一日自己也能像她一样找到自己的白马王子。喜欢唐老鸭、米老鼠、蓝精灵都是后来的事了，似乎随着年龄的增长，对于童年的记忆已经越来越模糊，而当我今天踏入这家位于

衡山路上的小店的时候，仿佛逝去的记忆又开始涌上心头，当我采访结束，踏出店门的那一刻，阳光透过梧桐树叶斑驳地照在我脸上的时候，我欣慰地告诉自己原来自己还年轻着。

小店其实不是很大，但坐落在衡山路这条颇有法国气息的梧桐大街上，或多或少也沾染了一息幽雅之气。讨巧的是小店分成了左右两个部分，中间被另外一家商业银行隔开，一边的小店你是看不到店名的，隐隐约约的它悄悄地躲在民居里，以经营适合男孩子的玩具为主。另外一边你便可以看到一个名叫"Orange"的小店，橘色的世界里藏着的是无数童话故事，以经营适合女孩子的毛绒玩具为主。
绿色的街道，可爱的卡通玩具，这里更像是一个童话天地，一边是属于女孩子的毛绒玩具天地，一边是属于男孩子的金刚玩具天地。

玩具秀

店址：南京市长白街 482 号（雷迪吧对面）

"玩具秀"成立于 2003 年（前身是"南京百世模型"），从初期的网络销售发展为模型玩具的直营实体店。现今主要经营：美系、日系可动人形、扭蛋食玩手办、电影动漫游戏等周边产品。同时也是美国 Mcfarlane（麦克法兰）的国际分销商，日本 BANDAI 的国际分销商，与 NECA、SOTA、Sideshow、DID、MEZCO、YAMATO 等公司也保持密切合作关系。

"玩具秀"正在经营中的现货十分齐：再生侠系列、黑客帝国、终结者、地狱马戏团、异形和铁血、18 寸李国豪、8 寸姚明、DID 潮流、蜘蛛侠、魔戒、Hellboy、街霸、杀死比尔、魔兽世界... 火影忍者、海贼王、七龙珠、犬夜叉、AIR 女主角、capcom、街霸、沙滩排球、SNK 主角、樱花大战、Comic 主角、DIGI 女孩、EVA 人物、夫妻成长、机器猫、KANON、浪客剑心、魔法少女、美少女战士、钢之炼、瓶诘妖精、手冢治虫、蜡笔小新、高达、星球大战、凡尔赛玫瑰、网球王子、超时空要塞、圣斗士、阿拉蕾、惊魂圣诞夜、迪斯尼人物、哈罗、宠物小精灵、樱桃小丸子、芭蕾女孩、棋魂、龙猫、柯南... 风见老师、天上天下、鬼娘、高濑瑞希、高井 さやか、YUNA、EVA……

玩偶情结

地址：上海广元路 166 号

店主是个大男孩，很健谈。他说他本人一直都很喜欢这些玩具，所以有机会就开了这家店，小店装饰得很"扎眼"，大块的色彩和琳琅满目的玩偶相得益彰。大个的都摆放在架子的最上面，一些造型小巧玲珑的摆在触手可及的地方。店里有一些在外面看不到的玩偶，像游戏里的超级玛莉，还有日本流行的漫画人物在小店里都有同款的玩偶。它们每一个都做工精致表情各异，真是叫人爱不释手。

最让我好奇的，是小店的一面墙上挂着许多铝制的水瓶，老板略带自豪地介绍：这是带有生日数字的水瓶，颜色也很丰富，买一个回去自用也好送人也罢都挺有趣的。

游戏式爱情（Ⅰ）

text: cc

关乎爱和奉献
无关爱情式游戏

> 我想故事终归只能是故事，它和现实的区别是明显的，它的一切开始发展结束都充满了各个层面上的表现，我们可以站在生活的立场上看故事，然而反过来，我们不如试试真正地投身其中，然后，站在故事的立场上看生活。

一

在故事的一开始，李逍遥只是个每天做着大侠梦的小菜鸟，他总是从梦中惊醒，他的生活并没有像梦里那样一刀能砍怪物几百颗头，至少现在不是。对他来说，他只是一个十足的小人物，尽管他的身世模糊，他的天资聪慧，他具备一切成为一个大侠的基本素质，然而在最开始，他的问题是，他完全不知道自己正身处一个故事之中。

李逍遥每天要做的事除了帮婶婶打理那家少有客人光顾的客栈之外就是在街上闲逛，他当然被街坊看成是一个小流氓，对此，街坊们的理由是这个人不仅靠着小聪明骗钱骗物，而且还在感情问题上搞七捻三。其实说到感情，李逍遥在那个时候还只是个没有开窍的小孩，或者换句话说，作为一个故事的男主角，他还没有遇见这个故事的女一号，也就是赵灵儿。

而与此同时，那个叫赵灵儿的姑娘却正站在月月宫面向大海的窗口终日等待，那个时候的她当然不知道爱情是何物，她要等待的那个人曾经在一个异常危险的时刻将她救出，然后带她坐着闪着金光的圣兽远离那个是非之地。她并不知道，那个横空出世的英雄之所以救了她其实是因为他爱上了将来的她。她学着其他姑娘那样在心底发誓，以身相许，她要用那个时代女孩们最大的付出来报答这个人。10年过去了，赵灵儿依然在这与世隔绝的小岛上坚守着一颗没有发芽的石头，而这颗石头之所以在漫长的岁月里没有发芽倒并不是因为它是颗石头，作为一把故事展开的钥匙，它也在等待，等待赵灵儿的那颗被李逍遥封印了的眼泪。

对于一个故事来说，它的优势在于一切都是被设定好的，它不像现实那样，人和人的关系是经过发展得来的。在故事里，最早确定的就是一个个个体的命运和他们彼此的关系，一切细节都是别有用心的。所以赵灵儿完全用不着担心那颗不肯发芽的石头，也完全不用担心他的逍遥哥哥会迷失在仙灵岛的迷宫之中。她和李逍遥本来就是天生一对，在未来，她的生活就是他的生活，他们有很巨的使命，他们将要同心合力，他们彼此缺一不可。

李逍遥站在前往仙灵岛的小船上，对他来说，为了救自己的婶婶去一个神秘的仙岛求药在他的生活中已经是一件很大的事了。然而他并不知道，他此去仙灵岛有比救婶婶更重要的意义，他即将去开始完成他和赵灵儿的过去将来。

过去将来，过去的李逍遥因为有一个将来的赵灵儿对他以身相许而救了过去的赵灵儿，而将来的赵灵儿却因为过去的李逍遥救了她才对他以身相许。这样说或许有些复杂，换句话说，过去的李逍遥救了过去的赵灵儿，而将来的赵灵儿爱着将来的李逍遥。在这句话里我抽去了一切的因果关系，抽去了那个横空出世，那个惟一超越了时间的东西：爱。

二

李逍遥的婶婶和赵灵儿的姥姥在他俩上路之前纷纷下场，她们的使命已经完成，对一个故事来说，所有人物的寿命并不取决于他的死亡，而是取决于他的使命，所以才死而复生才有莫名其妙的离开。

李逍遥和赵灵儿离开余杭后去到的第一个地方就是苏州，在城外，他们遇见了林月如。随着李逍遥的那句"恶女，住手！"他感觉自己已经化身成为一个真正的大侠，事实上叫林月如的恶女实在有些对不起生她养她的林天南，这个时期的林月如其实和李逍遥赵灵儿一样还是一块未经雕琢的璞玉，他们三个人在自己成长的道路上正刚刚起步，赵灵儿要从一个不谙世事的小姑娘变化成一个有着国恨家愁肩负拯救人类巨大使命的伟大牺牲者，而李逍遥和林月如则有更长的路要走，林月如在这款游戏风行以后成了众多男孩子们心目中最完美的女性，对所有在故事最后流下眼泪的男孩子们来说，赵灵儿显得遥不可及，而且她所肩负的使命若是落在一个男人身上会更好，我们还是喜欢看见一个真正传统的美丽神话，男性英雄献身女子则坚守爱情。林月如在一开始的形象其实并没有像赵灵儿那样特点鲜明，但是随着故事的发展，林月如身上善良忠贞的品质渐渐浮出水面，尽管她不像赵灵儿那样死得轰轰烈烈，但是正是因此，她的坚持才更显得意义非凡，她不是怕死，她死过，死得毫无怨言。在电视剧里的林月如和游戏里的林月如其实完全是两个不同的人物，电视剧里的林月如没有复活，而之所以没有复活是因为在前面三个人的变化中，林月如并不像其他两个那样明显，她只是被爱支配了，爱控制了她但没有改变她，直到她死的那一刻她其实还和那个在苏州城外骄纵跋扈的小姐一样，之所以我们看到她做了那么多事，其实只是因为她爱上了一个人。而在游戏里我们渐渐地改变了对林月如的看法，在她身上开始有一种特别中国的美德显露了出来，宽容、隐忍，她变得安全可靠。在游戏的最后林月如抱着李逍遥和赵灵儿的孩子对疲惫不堪、脑中空无一物的李逍遥微笑，而在那一刻，电脑屏幕后无数眼泪正悄悄滑落。这个世界上有两种女人，一种像赵灵儿，她让你觉得像一个男人，让你品尝喜悦痛苦。另一种就像林月如，在那样的微笑下，一切罪恶、一切疲惫屈辱都被荡涤了。这样的女人让人心情平和，也让许多像李逍遥那样心理跟不上经历的男人重燃生活的信心。

林月如有个一直暗恋着她的表哥刘晋元，是个读书人，在那个尚武的社会里，他的满腹经纶一点也得不到他表妹的青睐，几次被拒绝后他倒也死了心，然而这也是个温柔超脱的男人，他配得上一段动人的爱情。

三

彩依在千年前还是一只苦心修道的蝴蝶，对她来说她的人生路程应该是先修成人然后再跨入仙界，她从来不问为什么要这样，从有她起，她身边的妖怪全是这样的。千年过去了她总算有了个人形，但是这个时候的她还是个妖。她其实对进入仙界没有抱什么希望，但是眼前触手可及的人倒是十分有诱惑力，她觉得在人身上会有好多神奇的事情，例如生老病死例如爱情。

那天早上彩依本来打算先到处逛逛呼吸呼吸新鲜空气，然后再找个光线好的地方潜心修道，结果没想到的是过马路的时候一不小心撞在黑寡妇的网上了。她立马反应过来这桩交通事故可能会要了她的命。于是她只好大声求救，而与此同时刘晋元正在一边练武，几天前这个男人在和他心爱的女人以及那个女人心爱的男人告别之后，他立即重新振作了起来，对他来说，他的生活可以被一个女人搞乱，但决不会被这个女人搞砸。

刘晋元听到喊叫声后的第一反应是自己走火入魔了，然而他很快就发现了被蛛网困住的彩依，在他的宝剑刺破蛛网的同时，彩依遇见了她生命中第一个也是最后一个男人。

一开始彩依只是用蝴蝶的形象陪伴在刘晋元身边，她完全没有特别地去考虑什么爱不爱的问题，在这样一个温柔善良的男人身边本来就是一件快乐的事何况他还是她的救命恩人。另外一方面，尽管刘晋元救了她的命但是彩依其实不会有任何负担，对于她来说她所要报答他的多不过他的一生，人的生命区区几十载，而彩依作为一个并没有多大名气的妖却已经历经了千年。她毫不犹豫地陪在了刘晋元的身边，她一点也用不着担心什么，她有的是时间。

而对于刘晋元来说，他其实远不像外表看起来那样无忧无虑，除了要为表妹的事每天感慨几遍之外，他还得为皇上的一个个无聊的问题头疼好一阵子。他其实才是个孤独郁闷的人。而在这个时候彩依的出现无疑成为了他生活中的一根救命稻草。不过他们轻松自在的日子并没有持续太长时间，或者说只有一小会儿。刘晋元体内的盘丝毒很快就发作了。

四

　　李逍遥还是有些迷惑，他最突出的特点是他是这个故事里最平凡的人，他认为妖就是妖，人就是人，所以当他看到他心爱的灵儿居然用尾巴走路时他当然是接受不了的，不要说他接受不了就连赵灵儿自己也无法接受，一开始她想这种情况要是只不过每个月来一次那倒还好，但是渐渐地她发现这其实是她的另一种身份，而这种身份意味着她再也不能过普通人的生活了。从一个看起来很牛的土地爷那里赵灵儿知道了自己其实是神族的后裔，而且还是独生子女，也就是说她别无选择，她必须要继承上一辈的责任。

　　赵灵儿在那段时间里时常回想自己过去在仙灵岛上的日子，她终于了解到做一个被等待的人其实要比等待本身困难得多，她想她或许不能和她的逍遥哥哥再有什么了，她现在很清楚了，对她来说，这个故事的终极目的是拯救她的子民而不是爱情。

　　而李逍遥则和林月如一起踏上了寻找赵灵儿的路途，李逍遥的功夫在这段时间里大有长进，而他和林月如的默契也与日俱增。其实他心里明白林月如才是现实的，但是没有办法，他正身处一个故事之中。

　　在电视剧里林月如对李逍遥说过这么一句话，她说她要的不是感激的爱而是发自内心的爱。在只有她和李逍遥的这一路上，她对李逍遥的好感渐渐地升华成了爱，而这种爱是能够包容一切的，所以她一点也不在乎李逍遥不爱她，倘若李逍遥爱她了，那么他的爱就得配得上她的爱。

　　李逍遥再次见到赵灵儿是因为一只蛤蟆精，在这个故事里妖怪们的爱总是显得

比人类伟大，当然这也是有原因的，之所以我们按照妖怪人神的顺序来排列，其实是因为这三个种类有各自肩负的不同使命，妖没有什么要担负的，所以它们要是爱上了什么就可以很容易地做到义无返顾。而人和神则不同，他们是一切存在的主角。这样说来妖其实比人比神更适合爱情。人的爱是永远无法纯洁的，它总要受到环境和使命的影响，就好像赵灵儿和李逍遥，李逍遥和林月如，他们的爱本来就是基于各自的使命而产生，自然也一样会因为使命的发展而动摇。

　　李逍遥一见到赵灵儿就立马把身边的林月如给忘了，这倒是无可厚非的，他和林月如还有一段长路要走。然而赵灵儿却自以为自己已经长大了，已经不再是那个只知道终日等待爱情的小姑娘了。人就是这样，不知道是哪个混蛋开了个不好的头，让后来的人都盲目地认为放弃自己与生俱来的美好情感是多么光荣，多么不容易的事。赵灵儿见到李逍遥之后自然是说些刺激李逍遥放弃自己的话，她认为她这样做才是对的，而导致她感到痛苦的根源却是她其实很想做她认为不对的事，例如，和李逍遥去一个无人知道的小岛过完一生，而不再理会世间的沧桑变化。

　　李逍遥："灵儿！"

　　林月如："终于找到你了！"

　　赵灵儿缩回自己被李逍遥抓住的手走向蛤蟆精："虽然媚娘为了刘世美受尽痛苦，但却从来没有后悔过，因为她认定了刘世美是她的相公，所以决定跟随他一生一世，无论他对她怎么样只要刘世美回到她的身边，一切都已经满足了。"

　　林月如推刘世美："像他这种男人，背着别人跟女人好，哼！死了都不可惜。"

　　赵灵儿："刘世美看见媚娘变成这样以后，就再也不回来了。可是媚娘对他的爱却是至真至诚一心只盼爱人回来，这种痛苦比死更难受，你明白吗？"

　　李逍遥："我怎么会不明白，难道我不是每天朝夕地盼你回来跟你团聚吗？"

　　阿奴："是吗？我看到的就是你和别的女人快乐地过日子啊！你根本就不比那刘世美强，你跟他一样可恶！"

　　林月如："你知道什么啊，灵儿，逍遥自始至终只爱你一个人。你却拿他和这种臭男人相提并论？我反而觉得，是灵儿对不起逍遥。"

　　林月如："灵儿，我问你，你为什么一直逃避逍遥，他一直在找你，你却不肯见他，你知道吗，他为了你吃了多少的苦头。"

　　赵灵儿抬头，做释然状："我早已经表明了态度，希望月如姐姐你能跟逍遥哥哥在一起。"

　　林月如："为什么？我要你说清楚。"

　　赵灵儿低头拭泪，抬头对媚娘说道："姐姐，你就放过刘世美吧，人妖殊途，根本就不可能在一块的。"

　　蛤蟆精媚娘："你不是站在我这边，你不是帮我的吗？"

　　赵灵儿："再执迷下去，就真的是我们都错了。"

　　赵灵儿心里到底怎么看待这个问题的错对我们不得而知，但是媚娘却有她自己的执著，然而一直到她被自己心爱的男人刺死的那一刻她还是没有搞明白，难道人世间的爱，并不像人说的那样可以超越一切吗？

游戏式爱情

五

还是回来继续讲刘晋元的事，刘晋元在被黑寡妇咬到的那一瞬间并没有意识到自己要付出如此大的代价，他想你这寡妇就是再黑也只不过是只蜘蛛，我让你饿了一顿你因此而咬我一口也是天经地义的。但是渐渐地他开始头晕，他开始意识到吃饭这个问题在动物界是个严肃而且关乎性命的问题。不过他很快就释然了，生死由命，这个世界上死得比他冤的大有人在。

不过彩依却不这么看，她有千年修为，而尽管刘晋元中的是号称必死的盘丝毒，但她还是有她的办法，而且这个办法操作起来完全没有什么难度，需要的只是她多得可以随便浪费的时间。

彩依在为刘晋元采花做药材的时候心情还是开朗轻松的，她实在想不出来她有什么好担心的。刘晋元是个开通的人，他一点也不在乎她是个蝴蝶，他们现在已有

了夫妻的名分，而刘晋元在她的照料下一定会完好如初的。

但是刘晋元毕竟还是个世俗之人，他想的就没有彩依那样单纯，根据他所受到的教育和环境的影响，他和现在的大部分人一样认为最伟大的爱是牺牲和放弃。他并不知道这是为什么，他只觉得彩依跟了他这样的一个废人一定是不会有什么好结果的，他不了解彩依的感受却硬要把自己弄得知晓一切。而彩依是真的爱他，在彩依心目中最伟大的爱应该是执著和不离不弃，牺牲和放弃比起执著和不离不弃其实要简单得多。换句话说，之所以我们认为牺牲和放弃是最伟大的，其实完全是因为我们做不到执著，做不到不离不弃。

但是刘晋元是不会懂的，他开始想办法让彩依离开他，一开始他对她晓之以理动之以情，但是没有什么效果，接着他开始演戏，他是个读书人，演起戏来比在电视剧里扮演他自己的那个新加坡演员都要强上百倍。他想要让彩依认为自己并不是那个她值得为之付出的男人。然而这一切都没用，因为对彩依来说她对刘晋元的爱此刻已经脱离了那个产生爱的基础而独立

存在了，对她来说，她爱上一个人是不容易的，但是一旦爱上了就会不顾一切，而且不讲任何道理。而这才是她要的执著，她要的不离不弃。你即使破坏了这份爱在现实中的一切载体，动摇了产生爱的基础它也不会改变，它自己把自己给升华了，而这种爱才是真正有力量的，它不再需要依靠什么而存在，因此它也不会因为一些东西的破灭而死去。

打乱彩依计划的事件还是发生了，李逍遥和林月如就像两个不懂事的小屁孩一样搞砸了彩依的安排，然而彩依依然坚定，一场大战后黑寡妇终于被搞定，李逍遥和林月如也终于明白自己犯了个如此愚蠢的错误。彩依捧着自己的精元告诉林月如，没有什么值得不值得，只有愿意不愿意。

在这件事里彩依惟一没有料到的是她原本以为轻松自然的爱情到头来要用她千年的生命来完成，不过她已经不在乎了，她死得其所。只是回过头来我们再重新思考到底是什么搞砸了这场爱情，我们才十分尴尬地发现正是人自己的狭隘和无知让一些真正美好的东西渐渐不见。

六

在电视剧里，阿奴和唐钰最终从众多对情侣中脱颖而出得到上天的祝福确是意义非凡的，他们的结合在我看来比以上任何一对都要来得纯洁和真诚。阿奴在10年前是个什么都不懂的小女孩，10年过去了，她却还是什么都不懂，而正因如此，她才得以保留了那种最初的最朴素的情感，她对人只有两个态度，好和不好，这就有一个问题，她搞不清楚男女之情和其他感情的区别，在她眼里唐钰是她的男人，赵灵儿是她的女人，而这两个并没有什么区别。她有句特别能说明问题的话是说给林月如的："你这坏女人，先欺负我的男人，又伤害我的女人，还想抢我女人的男人。"阿奴还总是想把身边的一切都和自己搭上关系，但是事实上她哪都不靠，她就像是从石头里蹦出来的一样，在世俗的世界里，她没有身份证。

而唐钰则不同，抛开境遇和使命来说，他是这个故事里最优秀的男人，他懂得牺牲，也懂得坚持，他从来不为自己做的事而后悔，宽容懂事，然而难能可贵的是在心底，他却也和阿奴一样纯真。

唐钰在阿奴这件事上最开始的问题是他搞不清楚这个姑娘脑子里到底在想什么，她总是将唐钰说成是自己的男人，而且还亲昵地叫他唐钰小宝。但是唐钰困惑的是他无法从她身上感到她对他的依赖，这种感觉在阿奴饿肚子的时候会偶尔出现，但是更多时候阿奴却好像是一个陌生人一样。

其实导致这个问题的倒并不是阿奴自己到底爱不爱唐钰，像阿奴这样的女孩你去和她谈论爱情是没有任何意义的，唐钰之所以没有从阿奴身上感到那种依赖其实是因为在这个时候阿奴确实没有什么好去依赖唐钰的，她的生活很快乐，没有什么困难曾经出现在她的身上，此刻的她并不需要什么爱情。

但是这一切那个蹩脚的哲学家也就是那个最终BOSS拜月却不同意，他认为爱不是还没有发生而是根本就不存在，于是他为阿奴和唐钰创造了一个个困难情景，他希望他是对的。

拜月设计的这些陷阱倒是成全了他们的爱情，阿奴和唐钰一直缺的就是这种事关生死的困难。而在那种情况下阿奴才终于明白她作为一个女性的不安全感。

然而拜月却并没有认输，他承认是爱情起了作用，但是他认为这只是世俗的情感，这种情感是基于对彼此的需要，在最后他要证明的是究竟有没有一种情感是终于能够脱离了一切而存在的，于是他又摆出了那个难看的造型施展了他的法术。

在这次考验里，阿奴成为了另一个人，一个唐钰必须去仇恨的人。她砍掉了唐钰，那个她曾经许诺要托付终生的人的手臂，又亲手杀死了自己的父亲，在这一系列的事件里，阿奴失去了唐钰曾经深深迷恋的纯真和善良，也就是说唐钰曾经爱的一切已经不存在了，照理说唐钰的放弃应该是理所当然的，因为善恶殊途，那个他爱的人已经消失了。但是唐钰没有，他用自己的爱消解了一切罪恶，而当他这样做的时候我们才看见了这种爱情的力量。这是一种拯救，而我们之所以要牺牲和放弃其实却是因为我们自己的爱还没有这样的力量。

七

李逍遥终于明白了一件事,这个游戏的最终目的并不是打败拜月拯救众生,而是爱。一切困难和痛苦的目的其实都是为了证明这种爱的力量,他和赵灵儿曾经都错了但也全对了,他们在最后时刻的领悟必须基于前面所有的波折和失败。现在站在他们面前的拜月除非是用金山游侠修改了人物属性,否则仅凭他们的那点功夫是如何也打不赢的。而与此同时,阿奴正一个人坐在即将被大水淹没的村庄里,她无法原谅自己,但是唐钰原谅了她,并且还要搭上自己陪她一块赎罪。在另一边李逍遥则完全找不到办法来对付拜月,他们之间的号称巅峰对决其实简直就是 AK47 对擀面杖,毫无悬念可言。而在另外的一片草地上,阿奴不仅明白了唐钰对她的爱,还做好了和唐钰比翼双飞的准备,到了这个时候阿奴才终于了解对于爱来说奉献和付出都是自然的,这种行为本身就是对这种行为的报答。她摸了摸唐钰空空的袖子,然后他们俩就化身为一对比翼鸟飞上了天空。

拜月看到这对比翼鸟的时候是彻底地颓了,其实他并不是个坏人,他只是一个拥有太大力量的小孩,当他看见自己一直坚持的信仰被两只鸟儿彻底打破之后他才回想起来自己曾经也拥有过这种强大的力量,但是他自己放弃了,想到这里,他一定会感到委屈,因为他在那个时候的放弃是那么的理所应当,无论是他放弃之前还是放弃之后都没有一个人出来让他了解这种巨大的力量。这样说来,拜月的邪恶其实还是来自于我们的冷漠和无知。

八

一直到最后一刻,李逍遥和赵灵儿情感的最主要的内容才显露出来,他们之间有着太多的失而复得,然而最要命的是在最后赵灵儿还是死了,这就让前面所有的失去和得到统统没有了意义,而赵灵儿在她的弥留之际也想通了一件事,以前,她因为自己的使命而放弃了自己的爱,而现在却是爱让她完成了使命。

赵灵儿死得很美丽,就好像一个古老的传说那样,她的鲜血染红了大地。渗进每一寸土壤,每一个生命里去了。

游戏式爱情 (II)

我和赵灵儿的爱情

text: 张佳玮

天灰色。

风微冷。

又一天开始。是永恒不变的季节。

我提着刀，在那个我已守候了多年的门口，等。

我的一生，只有一个意义。早在我被创造之初，便已注定。

"你的名字叫张三。你的任务和李四在一起，就是守在鬼阴山的洞口，来往游弋。遇到赵灵儿，李逍遥和林月如三人，就上前战斗。你的生命值是250，真气值是250。你的特技是弹指神通，但是不是每回合都用。反正你会在几个回合内被李逍遥杀死，然后他们获得经验值和金钱，你就可以收工了。"

在《仙剑奇侠传》这个故事里，我就是这样的一个角色。鬼阴山的一个小喽罗。作为反派出现，几下就被干掉。如此而已。

我第一次见到赵灵儿时，她可能已经经历了一场战斗。因为她看去体力并不好。在那场战斗中，

我表现得很敬业。我跳了出来，摆好 POSE。旁边的李四耍着流星锤。对面的李赵林三人拉开架势。我率先出手，用一个弹指神通击伤了赵灵儿，跟进的李四却把锤挥向了林月如。一轮攻击完毕，对面的李逍遥急吼吼地掏出止血草给赵灵儿补充体力，林月如手忙脚乱地使出七绝剑气。啊！我和李四很敬业地惨叫一声，他率先倒下了。然后李逍遥帅气十足地补了我一剑。我也倒了。战斗结束。

收工的时候我和李四有一搭没一搭地聊天。因为我们要在这里每天搭档着到处晃。即使没有人来，我们还是得晃悠。人在江湖，身不由己。在娱乐圈混真的很不容易。

"刚才你如果上去补一锤，那小姑娘就挂了。"我说。

"靠！那可是咱们白苗公主，我一刀杀了她，石长老会怪罪的！"

李四显然入戏太深。我遂作罢。

每天在鬼阴山口散步，实在是非常无聊的事。灰色的天空流云纷纷。放眼尽是一片蛇虫走狗之流的东西在晃悠着，尽忠职守地等待着赵灵儿的来临，

等待着被她干掉。每每如此。

"往哪里走？张三！我们得在这附近转圈，不能出洞去！"

"别睡着了张三！赵灵儿他们如果从我们身旁走过去了，上头会发火的！"

"别动，张三！那个宝箱是留给赵灵儿打开的，我们不能乱动弹。"

到处都是规矩。

我和李四就这样每天无所事事地晃悠着晃悠着。等待着赵灵儿再次出现并将我们杀掉。

"石长老的武功那么高，为什么不出来把他们干掉，却要我们先做炮灰呢？"

"这个么……"李四拍拍脑袋，说，"那我们该说了，干吗不把最终的大 BOSS 请出来在这里截击他们啊？我们是过场的龙套而已，得让他们感到有难度有挑战性，可是又不能差距太大了太绝望，否则我们就失业啦。"

诚如斯言。

日复一日一次一次和赵灵儿他们打斗，以及悠长而无聊的散步。这便是我的生活。

我开始被赵灵儿吸引是有一次，李逍遥和林月如都被我和李四打趴下了。赵灵儿脸露惊恐之色。打到这个分上，我觉得我们的戏也算做到十足，应该考虑拿奖金了。李四在这时挨了赵灵儿一个风咒，直接被刮起来转三圈儿飞走了。我暗骂这厮演得真 TMD 逼真，一回头就望见赵灵儿眼巴巴地看着我，眼泪都要流出来了。

此时战场上五个人倒了仨。我第一次和赵灵儿一对一地站着。四目交投。我带着宿命的麻木，她带着一脸幽怨。

"我法力值用光了。"她可怜巴巴地说。

"哦。"我说。

这一次轮到她行动了。赵灵儿泪汪汪的。

"可是我没有法力值没法施法是打不过你的。打不过你我就没法继续下去了，这样一来我们又要重新打过，我刚才忘了存档了怎么办啊。"她说。

然后她就哭起来了。梨花带雨一般。她抽抽噎噎，我呆若木鸡。

远远的一帮毒蛇和耍飞镖地在幸灾乐祸的看着。我呆了半天，看她哭个不住，于是我觉得不能继续拖了。

"补充法力吧你。"我说。然后我出了一招弹指神通，弹向空处。

补充完法力的赵灵儿抬起手来，出了一招炎咒。一团火扑地就爆了起来。我用夸张的姿势大翻身倒下，把一袋钱扔在地上，当然，没忘记稍带惨叫一声。

然后李逍遥和林月如就站起来了。他们从我身旁拿起钱袋，不屑一顾大摇大摆地走了过去。这一战已经结束。他们要继续前进，我背后潜伏已久的喽罗们继续蜂拥而出。杀戮继续进行。

躺在地上的我百无聊赖地东张西望。李四躲在岩石后头，躺着跟一个刀客聊昨天晚上的肥皂剧。我深感无聊。眼睛一转，就看到了旁边的赵灵儿。她的眼睛还红肿着。于是我对她笑了笑。诚然这有违纪律。按照行规，我们必须在任何时候都对他们一行三人怒目而视。然后我看到赵灵儿也笑了。

然后我听见李逍遥怒吼着：

"灵儿，快来补充体力！月如不行了！"

赵灵儿于是跑过去了。

那天我和李四聊天时，李四在那里画表格：

"挑了我们之后，他们还要去战石长老，然后去扬州，破案，杀毒蛤蟆，遇盖罗娇；去北京，破解蝴蝶仙子之谜，与毒娘子决战；去蜀山，进镇妖塔

……唉，多么复杂的过程，那还只是他们传奇的一半。"

"哦。"我说。

"其实赵灵儿挺可怜的。"李四说。

"何解？"

"洗澡时被个登徒子看见了走光，已经是大不幸了，居然还要跟他一夜风流，更是不幸。一夜之后居然还被人忘了，还得跟他浪迹天涯。赵姑娘好好儿地隐居世外，都是被李逍遥这淫贼拖入这肮脏尘世的。"

我对赵灵儿的爱情，好像就是此时萌发起来的。

从那以后每次遇到赵灵儿例行公事地跟她动手，我都刻意地注意着她。看来她也不是很开心。理所当然，被一个登徒子硬拉着浪迹江湖，最后还要牺牲自己去成全他活着，简直是非人的虐待。可是性格柔顺的她却依然认真面敬业地发动着法术，攻击敌人，保护自己。越是这么想，我就越看李逍遥不顺眼。每次出手，我都是朝着他砍。把他摞倒了，我就开始对付林月如——当然，前提是到那时候我和李四都还硬撑着没倒下。

每次只余下我和她交手的时候，我便会停止出手——或者打空炮——等待她来对付我。或者是心有灵犀，到了后来，她也开始放弃用法术将我一下打死，而是用徒手攻击慢慢地与我对耗体力。于是

就演变成了一场冗长的一对一战斗。当然，败的永远是我。

李四说：你想跟她谈恋爱？问题在于：她可是头牌女主角，你只是一个小配角而已。

李四说：一个游戏那么长，她打的敌人成千上万，怎么会对你格外注意？

李四说：拜托你不要做造型了好不好？你再怎么做造型都只能摆那么一个POSE放弹指神通。你以为你会万剑诀啊？

李四在我耳边唠叨的时候我正坐在鬼阴山洞中，在这个没有阳光的地方我脸色越来越苍白接近透明。但是我依然在这里呆呆地等候着她前来。然后我摆好永恒不变的POSE，和她交手，被她杀死，然后擦身而过。

这便是宿命吧。

罗曼史的结束是那天早上。石长老匆匆地到洞中来，召集全体喽罗开会。

"新款的游戏《仙剑奇侠传二》现在急需龙套，我们现在要挑演技好的过去跑。愿意去的在我这里报个名。李逍遥在那里头也有戏份，他先过去看场子了。你们过去的话先去他那里登记。"

李四说：我要走了。新的游戏总有新的挑战吧。即使做龙套我也想做个好龙套。

李四说：大家都散了，你怎么还在这里等？你真的以为她会回来吗？其实她也只是一个游戏人物。我听说新款游戏里有个叫李忆如的人物是赵灵儿的女儿，和赵灵儿很像，估计她也过去跑龙套了，你又何必在这里等？

李四说：没见过你这么傻的。我走了先。

鬼阴山荒芜了。

我也终于可以走出这个洞，到门口晒太阳。阳光穿越雾霭落到我脸上时，我感到真切的温暖，就好像炎咒的火焰在我脸上拂过的样子。

曾经扔满便当饭盒的地方如今空无一物，不过布景还没有拆。说到底这里也不是那种可以重复利用的大场面。只是一个无人注意的小角落而已。而我也只是一个无人注意的小角落。

李四后来发短信说新仙剑的故事极为乏味，大家都觉得不好玩，做龙套也格外辛苦。可是薪水高了，大家都愿意待在那里。李四还说他在这里看遍了，没有找到赵灵儿。

传说中赵灵儿死在了仙剑故事的末尾。她死后商家继续在做着伟大而煽情的游戏讲述着新的故事。至于她本人和过往的那些镜花水月的姻缘，当然可以继续作为游戏素材，但终究没有什么特别大的意义了。我想将来仙剑出到十二三代时也许就没人记得赵灵儿了。也许。只有我们这样跑龙套的，会像野草一样坚强地生活在所有的大地上。

鬼阴山。

阴天天幕，重云席卷。

我独自在这里，等待往昔的赵灵儿归来。

网络游戏：
谁应该被拯救

text: van

text: van

PART1
原罪和救赎

在基督教的教义里，原罪和救赎是基本的概念。

上帝创造了人类的始祖亚当和夏娃，他们居住在伊甸园中，由于他们违背上帝的禁令偷吃了智慧树上的果实而犯下过错，最后被上帝逐出伊甸园，使他们终身劳苦方能生存，这就是原罪。人类就是因自己的始祖所犯的罪，因此一生下来就都带有原罪，并且这种原罪还使人无法自我拯救。但是，上帝是仁慈的，他并没有抛下人类不管，而是通过自己的独子耶稣被钉死在十字架上，为人类赎罪，来拯救人类，这就是救赎。

按照基督教观点，人是生而具有原罪的，世间万物也同此理。

辩证法说：事物都有两面性，积极和消极因素并存，在某种条件下消极的一面其实就是事物与生俱来的原罪。

我们常说，科技是把双刃剑，有好的一面也有坏的一面，那么坏的一面也就等同于原罪，是伴随着科技的进步而不得不被人类所面对的，就像我们发明汽车，但也出现了在车轮下丧生的人群，据不完全统计，自汽车发明以来，死在车轮下的人类要超过4000万人，比第二次世界大战死的人还要多。原子弹根本就不是人类应该拥有的，但使全人类都活在核武器的威胁之下。

网络游戏也是伴随着科技的进步而出现的，所以不可避免地也会出现所谓的原罪，也就是它消极的一面。网络游戏的原罪究

竟是什么呢？也许网吧和网络游戏寻求利益的最大化是它的原罪？

但寻求利益最大化是所有人和事物存在的基本，企业如是，政府也是如此。

也许是网吧和网络游戏使信息得到最大程度的传播？但问题是所有信息的传播都是经过合法程序建立的，包括网吧的成立、网站内容的供给、游戏内容的提供，所以这一点也不是。那么是因为网吧和网络游戏的存在使我们玩物丧志、失去进取心了吗？

如果非得探讨网吧和网络游戏的原罪，那就是我们的科技发展得太快，而社会普遍群体的思想和文化建设却没有如期的适应吧。

玩物丧志、学坏、性犯罪、暴力，这不是网络游戏的原罪，而是被社会制造出来的强加于网吧和网络游戏的原罪，这些"原罪"的产生一方面源于社会群体的被导向化的价值判断，因为在这个传统社会里，只要是玩游戏、上网等都会被视为不务正业，只有埋头苦读书才是好孩子。

而网络游戏产业的发展速度，远远超过了整个社会文化和制度的提升速度，这也是科技进步人类必须付出的代价。

网络游戏的原罪是社会化制造的结果，可怕的不是网吧和游戏产业的本身，也不是经济利益的本身，而是我们对于科技的拒绝和现代文化的观念。

也许我们应该从社会发展角度来看网络游戏，在我的记忆中，80年代末90年代初，连看连环画都被老师和家长指责为玩物丧志，看电视也是受限制的，因为怕耽误学习。上初中的时候家长和老师如果发现你看武侠小说那更是大逆不道。网络游戏也和我们当年看连环画看电视剧一样，但比较起来，上网的负面效应不一定要大于武侠小说和连环画。这是一个时代发展的必然会出现的新事物。

而玩物丧志，这难道不是社会和家长本身失职的表现么？

上帝的救赎是基督信仰的核心，因为博爱、因为无私所以才会有上帝之子的献身。被社会化制造的网络游戏原罪我们已经分析完了，那么这种原罪应该由谁来承担呢？谁应该被救赎呢？我觉得从网吧和网络游戏本源上的原罪来看（即科技进步与社会思想文化脱节），需要由社会和群体一起承担，这是我们不得不面对的痛，惟一的希望就是缩短这种痛楚和伤害的时间。

电子烟草

也许，网络游戏没有原罪，但是存在危害性，
网络游戏是电子烟草么？

网络传播的交互性和不可预测性将这些反社会内容变成了既可被玩家无限制再生产，又可被玩家无代价享受的虚拟刺激物。简单讲，网络游戏的魅力就在于它永远回应着玩家的任何要求，而且永远提供着不可预见的新刺激，网络游戏不仅满足玩家的欲望，而且持续不断地激发玩家的欲望。

因此网络游戏比任何网上行为都更强地培养玩家对网络的依赖和迷恋，即培养网络上瘾。

网络上瘾将引发玩家网络成瘾综合症，它包含

着玩家深信诸方面一系列病症的爆发，并且引发相应的社会危害，这是网络游戏最大危害性的所在，不是它的具体内容，是它综合诸多因素，形成这种网络迷恋或者网络依赖。

英国王储查尔斯王子："我们时代面临的最大战争之一，是说服我们的孩子远离电脑游戏，去接近那些值得一读的书籍。"

娱乐无罪

但没有必要去宣扬娱乐有多么多么好，我们要鼓励全社会的人积极向上，要追求人生更高的境界。游戏作为娱乐形式确实没有什么错误。

但在网络游戏中，我们更多的时候没有靠更快更高更强，靠一种赌徒心态，输了要翻本，不断诱

发一种赌的心态。还有一种是控制欲望，通过什么手段，能够控制，能够主宰别人，甚至想一刀把别人干掉！

我们不能要求禁止生产烟草，但是我们可以立法要求生产厂商在提供香烟的同时告诫用户吸烟有害健康。同样我们应当立法要求网络游戏商家提醒网络游戏用户，尤其是青少年用户，网络游戏存在危害性。

正如要立法限制未成年人吸烟一样，我们也应该对未成年人玩网络游戏作相应的限制，这个限制应该体现为网络游戏业的主体市场不是未成年人，而是成年人，这牵扯到网络的游戏定位问题，如果你把网络定位为一种文化活动，当然应该让未成年人接受文化教育，但是你把网络定义为一种娱乐。

从一种更严格意义上说网络游戏大概应该是成年娱乐，娱乐的主体应该是成年人，就是那些有严格自控能力的人。

打保龄球，非常简单，把十个球摆在那里，一个球扔过去，看能不能倒，就是这样一个游戏，这也会上瘾。打羽毛球也会上瘾，为什么上瘾，上瘾是因为自己感觉有成就感，不断得到提高，这种过程非常容易上瘾。就是说，这个社会对每一个人来说，有非常非常多的诱惑，很多的东西都容易产生一些不良的后果，我们怎么看待网络游戏，其实也是诱惑的一种，这种诱惑，实际上绝大部分的玩家，不会说由于有了网络游戏，使自己整个人废了，只说极少数的人会那样。

这些人自我控制能力相对比较差，他容易被其他东西所诱惑，他自己不能自制，这种现象，如果不是网络游戏的话，大学毕业以后，他到社会中去，这样的人他有可能也会被其他的一些东西所诱惑，也会陷入另外一种诱惑里面去。然而现在的舆论说：网络游戏是绝对不能碰的；这个东西如果一碰的话，就完了，就要出问题了，这样的话是走向一种极端。

电影推介

我一边哭，却一口气把它读完，真希望今生也能谈一场这样的恋爱。

——柴崎幸

[iCON]

在世界中心呼唤爱

text:qicita

世界の中心で、愛をさけぶ。

主演：柴崎幸 大泽泷夫 森山未来 长泽雅美
导演：行定勋
摄影：筱田升
原作：片山恭一

NO.1 Book
《世界》原著

日本狂卖 360 万本，超越《挪威的森林》238 万本记录，蝉联畅销售书榜 35 周冠军。

NO.1 Movie
《世界》电影
"让全日本为之哭泣"

《情书》制作班底，5 年惟一精致代表作，日本 83 亿电影票房记录，750 万人感动热应，远胜《情书》，韩国 7 月上映，超越百万观影人次，打败同档美、日、港片，缔造日本在韩电影历史。

NO.1 ThemeSong
《世界》主曲

主题曲《轻闭双眼》平井坚亲笔填词谱曲，日本狂卖 90 万张，被媒体称为"终极催泪情歌"，最感动人心 2004 最畅销单曲冠军。平井坚亲自体会"丧失感"，于 MV 中落下男儿泪。

日本权威《日经流通新闻》评论 2004 上半年最热门排行榜（商品，文学，运动，人物，流行趋势……等 6 万件对象）《世界》排行 NO.2。

如果有一天，
深爱的人永远地离我远去，
我该如何面对失去，
如何面对余下的生活与情感呢？

从一段没头没尾的男女对话开始，无法知道这段对话的时间和地点，只知道"29号台风即将登陆，那个女孩担心无法去那个地方，男孩却承诺'我一定会带你去的'"。而"29号台风"正是串联全片，并且把剧中两个时空紧紧联系起来的关键因素之一。

片子的引子部分跳跃性非常大，人物的关系和事件的交代模糊不清。女主角律子从过去的衣服中翻出了一盘磁带，在听过磁带后就神秘失踪；律子的未婚夫朔太郎在29号台风的电视新闻中看到律子就在四国，却突然挂断了电话。朔太郎追寻律子到了四国，却唤醒了他那段已经长眠的回忆，影片也正是在这个时候突然转折，把观众引向了另一个故事之中，故事的男主角正是年少时的朔太郎。

回忆中的女主角叫亚纪，他们的初恋故事和那些片段随着现实中朔太郎的记忆向我们娓娓道来，美丽的邂逅，亚纪大胆地坐上朔太郎的摩托，为了得到walkman一起向电台节目投稿，朔太郎为了引起电台注意，谎说亚纪有白血病。记忆突然在朔太郎与亚纪交换录音磁带那里中断，现实中的朔太郎回到四国的老家，找出了那个walkman和那些随着记忆长眠的磁带，这些磁带记录着亚纪对朔太郎一段段独白。

而"磁带"也正是串联全片两个时空的另一个关键因素。那段终止的记忆随着磁带中亚纪的独白再次展开，朔太郎又回到了磁带中提到的那些场景，现实与过去不断的交错……

无人岛的快乐旅行后，亚纪突然发病，朔太郎向广播节目所撒的那个谎成了事实，亚纪的积极面对和朔太郎的精心呵护最终还是没有阻止死亡的来临。亚纪临死前，朔太郎答应带她去她一直想去的地方，被当地人称为世界的中心的地方——澳洲的uluru，但由于29号台风使飞机停飞，他最终没有实现这个承诺。

那么影片开始时提到的律子和这件事有什么联系呢？

在亚纪病后，有一个小女孩一直帮她把录好的磁带放到朔太郎去取的地方，而当时的这个小女孩正是律子。亚纪临死前的磁带因为当时律子出了车祸才没有送到那个地方，所以影片前面才会有律子突然去四国的剧情，她是为了把这盘事隔十几年的磁带送到那里，而且正是当时的律子帮亚纪去冲洗了澳洲的那些照片。律子是亚纪和朔太郎那段爱情的见证人，她成为了朔太郎十几年后的未婚妻，让人唏嘘的因果轮回，最后朔太郎走出阴影和律子一起帮亚纪在澳大利亚的uluru完成了她的遗愿，把亚纪的骨灰洒在了世界中心。

筱田升

曾经担任《关于莉莉周的一切》摄影的筱田升正是此片的摄影，他是岩井俊二的御用摄影师，岩井俊二所有作品都出自他镜下，虽然后期担任摄影监督，不再亲自掌镜，但他浓烈的个人风格俨然已经成为日式青春电影的标准色调。

在为《在世界中心呼唤爱》留下《情书》之茫茫雪原、《关于莉莉周的一切》之青青麦田那样的纯美影像之后，于6月22日因为癌症去世，《在世界中心呼唤爱》也成为了筱田升真正意义上的封镜之作。所以去看这部电影，也是对这位美学大师的缅怀和致敬。整部片子拍得十分惟美，清淡甜美却一直带着一种无法抹去的遗憾。

柴崎幸

片山恭一的小说《在世界中心呼唤爱》在2001年4月开始发售。原来初版本仅仅8000本，遂淹没于茫茫书海中。而后，为这静静的潮流开始煽风点火的便是柴。她偶然在书店看到这本书，并为之感动。在接受畅销文字杂志《达文西》访问曾表示：我一边哭，却一口气把它读完，真希望今生也能谈一场这样的恋爱。

尔后引发热潮，在日本狂卖360万本，超越《挪》238万本，蝉联书市35周排行冠军。奇迹转向电影《世界》，受欢迎程度更加上升。柴本身也开始受同世代的支持，

由她演出这部电影的女主角是再适合不过了，她在片中演朔太郎的未婚妻，因为深爱朔太郎而试图碰触他内心的晦暗之处。

'速度'，'效率'，'功利'，这些富有诱惑力而强大的词汇，没人能抗拒它们的力量。只是有时候我们有点儿焦虑，有时候会怀念等待磁带沙沙走动一丝丝磨损的声音和过程，会怀念真钢笔落在纸张上微微渗开的墨迹，但这并不意味着我们会停下脚步，会因噎废食，只是在于它的有限吧？如果我们真的太渴望录制的是无限的空间无限的记忆能力啊，他在google桌面搜索软件里键入"亚纪"，当他面对硬盘里所有的

记一擦也了数天写许'字''格式'的'只是'1和0'的麻木堆砌了吧？记忆也就不再是记忆。而同时我也没有把记忆置换成拥有的ipod？如我们播放新世纪以来ipod这样的发展是必然的可，有终于无限，有无数次

1979 Sony TPS-L2
First Walkman Player

电影将朔太郎的高中时代明确地设定在1986年。上世纪80年代是日本泡沫经济由盛入衰的过程，而连接起朔太郎和亚纪的恋爱的Walkman，也正是日本80年代的文化象征。作为80年代流行文化的一部分，Walkman是无法抹去的回忆，那是一个白衣胜雪的年代，少年的心像水晶一样透明、纯洁。

《在世界的中心呼唤爱》里没有性，没有速食，有的是青涩少年对异性的一点点朦胧渴望，有的是对青春成长记忆中难以磨灭的感情的祭奠和重生，尽管你或许很难相信，世界上色情录影带最发达的国度会产生这样一部纯爱电影。

AP notebook II by SUCK UK

Walkman和日记本，也同样伴随着我们80一代的成长，不过我们现在使用的不再是老式的卡带（cassete），不再是录制和收听多遍后开始伴随沙沙噪音的磁粉塑料带，我们不断地渴求在尽量浓缩的体积内容纳更多的广阔内容，从MD到MP3到hi-MD，从黑胶材料到数码音乐编码，我们最fashion最cool最潮的数码偶像是ipod，可以无数次使用，无限复制粘贴，永不老化。

我们恐怕也不再使用纸张的日记本作为记录的工具，有无数的电子软件来替代这一落后产品，更方便，更易于保存，更保密。而在互联网时代，我们用blog，数百家服务商为我们提供免费的存放空间和检索，分享服务，我们把我们的情绪、感想、思考，寄托在互联网的某台服务器上，这显得荒谬而又真实。

Apple ipod original

我们的生活总在越来越迅速、简捷，也许你已经玩儿的起了podcast，即时录制的音频可以随时下载到任何人的ipod中，我们不断移动，永远在线，我们和信息源无缝链接，永远即时获得所需。

四周一片沉寂，不闻人语，不闻鸟鸣。侧耳倾听，隐约传来焚烧亚纪的锅炉声响……我在看着焚烧世界上自己最喜欢的人的烟静静升上冬日的天空。

——片山恭一《在世界中心呼唤爱》

节选：

朔太郎带着亚纪从医院偷跑出来，在机场的一幕：

"亚纪的生日是 12 月 17 日吧？"

"小朔的生日是 12 月 24 日吧！"

"也就是说，打从我出生后亚纪就一直存在着。"

"是吗？"

"我出生的世界，就是有亚纪在的世界。"

她一脸困惑地皱着眉。

"对我而言，没有亚纪的世界根本就是个未知的世界，所以也不晓得是否真的有这样的世界存在。"

"不用担心啦！就算我不在，世界还是会继续存在的。"

"你真地了解我说的吗？"

"我一直在等待着小朔来到这个世上哦！"不久，亚纪以沉稳的声音说着，"我在没有小朔的世界，一个人等待着哦！"

"只有一个礼拜啊！我在想以后到底还要在没有亚纪的世界活多久呢？"

"时间的长短真的这么重要吗？"她的语气就像大人，"和小朔在一起的时间，虽然短暂却很幸福，我想再也没有比这更幸福的事了。我想自己一定比世界上任何人都幸福吧！就现在这一瞬间……这样就够了。"

片山恭一 (katayama kyouiti)

1959 年生，日本爱媛县人。
九州大学毕业后，1986 年以《气配》一书荣获《文学界》新人奖，正式步入文坛。

其他主要作品：
《世界在你所不知道的地方转动》^(新潮社)
《别相信约翰列侬》^(角川书店)
最新作品《满月之夜．Mobi Dick》^(小社)

片山恭一访谈录：

Q：看完电影后的感想？

小说与电影，完满融合。小说的精神与精华遍布各处，但是电影还是与小说不同，诞生出另外一番影像世界。

小说中描写的景象，电影里特有小说却未提及的影像，两者毫无抵触，和谐互相融合。实在超乎我的期待，是个非常棒的作品。

Q：电影里描写小说中没有写到的，长大后的角色，你觉得如何？

呼唤爱情，电影版更具魅力。

电影角色塑造和写小说的逻辑完全不同，关于这点，我觉得非常有趣，例如演员阵容中，演出朔太郎一角的大泽，与演出小说里没有的角色：律子的柴，相当有魅力。

Q：想传达给影迷们，电影里必看的地方是什么？

在小说无法传达出高中时代的小朔与亚纪两人之间令人动容的光辉时刻，在电影中，却可以由影像深刻而直接地表达出这样的景象。

正是如此令人炫目的时光，更能清楚的表现出两个人深刻隽永，却又无奈的爱情，这就是读者一定要看的地方。

主题曲
〈轻闭双眼〉

每当早晨醒来 你脱下的躯壳总在身边
过去总能感受到你背后的温暖 今天却是一阵寒冷
停止苦笑 拉开沉重的窗帘 眩目的朝阳 每天追赶着我
那天 让你见到我哭泣的脸 眼泪映照着夕阳
每当我祈祷着能够卸下肩膀上的温暖
我的心 与身体 却都牢记着你

YOUR LOVE FOREVER
轻闭双眼 在心中描绘你的样子
这样就好 不管季节将我的心置于不顾

有一天对于你的事 我将会失去所有的感觉吧
所以现在我仍然怀抱着这痛苦入眠 也无所谓

那天我看到的星空 许下了愿
两人一起探寻那光芒 虽然瞬间就消失了
我的心 与身体 都因为你而闪耀

I WISH FOREVER
轻闭双眼 在心中描绘你的样子
我只能如此 即使世界把我留下置于不顾

YOUR LOVE FOREVER
轻闭双眼 在心中描绘你的样子
这样就好 尽管季节将我置于不顾 自顾自地改变颜色

我搜寻记忆中的你 这样就好
超越了失落而获得的坚强 是你给我的 是你给我的

平井坚

平井坚在读完《在世界中心呼唤爱》原著小说之后，亲自填词谱曲写下了《轻闭双眼》，MV 拍摄的手法也算是赚人热泪，就连平井坚本人也在 MV 中流下了他的男儿泪。

日本影艺学院八项大奖
第 47 届日本《电影旬报》电影奖十佳日本电影
25 届日本奥斯卡最佳男女主角奖

GO!
大暴走

导演：行定勋
主演：柴崎幸 窪冢洋介

为了自卫的暴力不是暴力 而应称为 理智

缘起

《GO！大暴走》改编自34岁新派小说家金城一纪同名得奖作品（第123回直木赏），当年推出已引起一阵骚动，瞬间售出15万本之余更惹来二十多家电影公司及电视台争夺其版权，结果由老字号"东映"夺得。

此片之所以如此瞩目，全因它触及的题材颇为敏感：一个在日本长大的韩国少年，纵使他讲日语、读日校，却因国籍身份而受尽次等待遇及压迫，不甘被剥夺一切下，他终于起来反抗……

若说前年《大逃杀》是一次道德极限的创新挑战，《GO！大暴走》就是对牢不可破的民族意识的一次大胆反击，并且来得更彻底，更一针见血。两者相同的地方是，影片都是由年轻人的角度去反映成年人的无知。

剧情

三年级生杉原（窪冢洋介饰）是名的好斗分子，他的父亲秀吉借三年前行，把自己"朝鲜"的国籍改成了"韩国"，国人。虽说韩国对他的日常生活几乎没有原已经被贴上了"在日"的标签，属于日本社会的特殊人群——在日韩国人。现在的杉原，还是不为人生道路的选择和未来而烦恼的年纪，他渴望看见更广大的日本，于是收敛拳头，结束了韩国民族学校的就读生涯，走进一所真正的日本高中。

过去的秀吉是一名拳击手，也正因此，家学渊源的杉原保持着校园打架24场连胜的风光记录。他的朋友大多是校园问题少年，包括不打不相识的手下败将加藤，也有机车电车公路超级穿梭赛里幸存的暴走族前辈，或者是一起在民族学校肆无忌惮地捉弄老师的元秀。青春时光里一起享受放纵岁月，但杉原真正亲密

高校里出的一次夏威夷旅因此，杉原其实是一个韩影响，他也从未去过那里，但杉

的朋友只有正一，一个出名的好学生兼正统派，每次和严肃地讨论音乐、美术或者电影话题的正一胡说八道，那才是杉原最快乐的记忆。

　　偶然的一个生日聚会，杉原认识了女孩樱井（柴崎幸饰），不幸地一头冲进爱河。杉原是从未恋爱过的青涩少年，不会出花招来讨女孩欢心，但就在这样的默默相对和接触里，他们的距离越来越近。在樱井家中，双方的家长第一次正式见面了。大人的会谈是不愉快的，年轻人却躲在房里甜蜜地亲吻……但是缺少的是告白，杉原的爱之告白，因为他无法忘记自己是"在日"人群的一员。"会不会有一天，我失去所有的一切呢？"杉原的心里总回旋着一个悲凉的声音。

　　悲剧的发生总是猝不及防的，因为一个微小的偶然，正一在车站被一群不良少年刺伤致死。"我有话要对你说，很重要的事情……总希望杉原君能够明白。"杉原的耳边还回响着正一刚才的那通电话。带着急切的心愿，正一就这么离开了杉原，他想说的，究竟是什么呢？

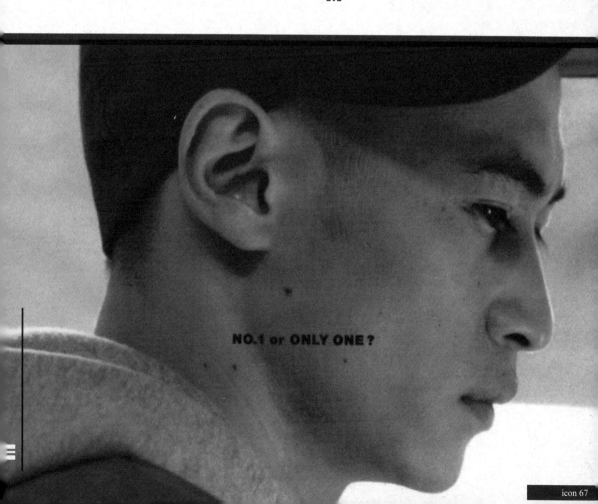

NO.1 or ONLY ONE ?

当身着学生制服、俊美柔媚的杉原腾空而起，以脚为翅，在天际划出一条美丽弧线的时候，他，甚至还有我，都产生了一种"飞"的错觉，惝恍但也丝不安。即使是慢镜，即使因此时间仿佛有所停滞，但哪怕你瞬间摆脱了地心引力，爬升到三万英尺的距离，还是有重回母体的那一刻，不管你愿意不愿意，自由却无力。

杉原落下来的时候撞在了校园的铁丝网上，向后弹去，重重地跌在草坪上。仰望天空，那里会不会因为这个飞鸟而多出一块蔚蓝浮动的云？

不管是"飞"，还是面对进站时呼啸而来的地铁，在它面前拔腿狂奔，和狰狞钢铁比玩速度，玩一种叫"拼命一条死"的残酷游戏，杉原都是为了跳出那个困囿自己的圈子。在日剧《GTO》里只知道跨着类似《逍遥骑士》中庞大摩托的"暴走族"有不良的意味。杉原正是个不良少年，自幼与父学习拳击，打遍学校无敌手，但他打不掉的是历史沉疴带来的民族自卑与自怜以及与之相伴的无根状貌的迷惘。他改变不了他是个"在日韩人"的称号，这就是纠缠他的那个圈子，因为这个圈子的画下，天地变窄，孤绝寂寥，一片苍茫。

现实和历史的交战，新思想与旧传统的纠缠，让人看得目眩后惊心。一边是在民族学校里，绝对不允许说一句日本话，有谁说去读日本学校就被看做是"卖国"的叛徒。一边是杉原父母的"资本主义是腐败象征吗？柏林围墙和苏联抵不住严寒，冻得鼻涕和主义一样结了冰"和杉原的"出20块钱就可以把民族属性给卖了"。

导演行定勋以自由而灵活的叙事、强烈的影像节奏以及激昂的电子乐音，营造出以绰号"疯牛"的杉原为中心

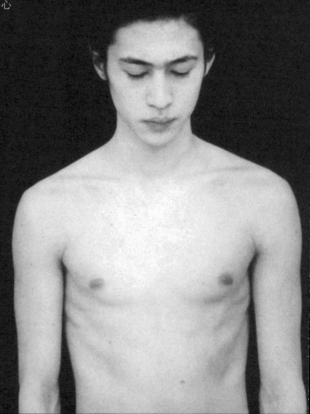

点的世界观。愤怒的情绪、不被驯服的凌厉眼神，"疯牛"的挑衅不但是全片论述的核心，也成为一种自我宣示的姿态：国家是什么？国籍、血统是什么？人又是什么？在日本出生、在日本长大、日语比韩语流利的杉原，虽然高中以前念的是韩侨学校，但所谓的祖国对他而言，其实只是个遥远的想像，为了让他的未来能不受国籍的限制，"疯牛"的父亲放弃了信奉一辈子的共产身份，改北韩籍为南韩，只是对异乡、异族的他们来说，不管是"牺牲"或"坚持"都是可笑而吊诡的。

所谓正常社会，似乎总是藉由这样的二元划分来建构自我的合理性与合法性，藉由影片的铺叙，我们也清楚看到日本社会是如何用成见的灌输、法律的严格规范来标示控管这些异族，只是，生命真的可以如此简易地截然区分吗？

就像主角在自白中再三强调的：这应该是个关于他的爱情故事！只是当血统、身份成为人与人之间的巨大鸿沟时，爱情往往成为最脆弱的牺牲品。杉原与日本女友间甜美却必定历经波折的爱情，在导演的塑造下成为《罗密欧与朱丽叶》的新典范，只是莎士比亚笔下戏剧化的世仇对立，转化为盲目的种族歧视和成见后，更加可笑、荒谬而悲哀。

一样的愤怒、一样的无力。面对无力反击的社会集体成见，或许他真的就像那场"烂命一条死亡游戏"，得不断地在巨大的列车追逼下，在某处，不停地逃离、丢弃、奔跑……

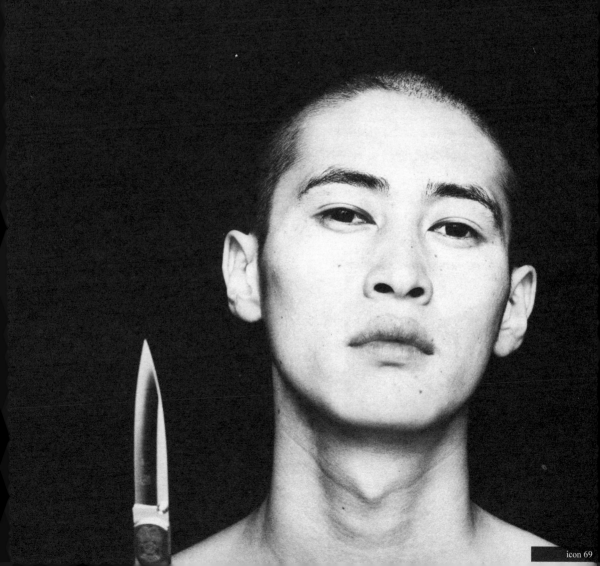

亲爱的温迪 Dear Wendy
导演: Thomas Vinterberg

　　这部英语片汇聚了丹麦两位最出色的导演、同时也是 DOGMA 运动的共同发起人温特伯格和拉斯·冯提尔，剧本由冯提尔撰写，温特伯格执导，表现美国山区小镇上一群沉迷于玩枪的年轻人。片中没有冯提尔作品中惯常的女性主角，和他过去的风格很不一样。据说冯提尔把该片作为他迄今最商业化的影片来编写，"在完成《亲爱的温迪》这部关于枪的神奇力量的剧本后，我认为我需要温特伯格来拍摄。幸运的是他同意了。"虽然影片还只是有个大概雏形，但冲着两位的大名，就已经成为国际市场的焦点。

　　影片改编自俄罗斯畅销作家阿库宁的系列小说，是一部混合了史诗、侦探、浪漫等元素的大片。背景设置在 1877 ～ 1888 年的土俄战争时期，范多林是阿库宁笔下的福尔摩斯，这个有点口吃的家伙，有着天生的侦探触觉。为了逃避伤心的爱情，他加入了俄国军队。很不幸的是，在战争开始的时候，范多林被捕，通过与敌军玩一盘西洋棋，他赢了棋局也赢了自由，赶忙逃回国。路上，他遇上了一个叫 Varvara 的女子，她身无分文，却要去俄国找她的未婚夫。在俄军总部，他们找到了她的未婚夫，但是同时发现，在军队内部谍影重重，包括这个女子还有她的未婚夫，一时之间都变得神秘莫测起来，范多林如何凭他的智慧找出真正的间谍？

　　成功首先源于它改编了一本话题小说，其次的是，它不闷，它充满民族自豪感，它有着俄式幽默，它是一部好的爆米花电影。还有最重要的是，它师法于好莱坞电影，用了大量的电脑特技——这部 135 分钟长的电影便有 38 分钟的电脑特技。正是这些因素，它打败了好莱坞。不少影评人批评连《守夜人》在内的俄式大片，认为这些场面热闹而缺乏内涵的电影，是对俄罗斯传统艺术电影的背叛。但是俄罗斯的年轻人却丝毫不在乎这些，他们捧着爆米花喝着进口可乐，看进口或国产大片，他们对塔可夫斯基甚至索科洛夫完全没有兴趣。

土耳其式开局 Turetskii gambit
导演: Dzhanik · Faiziyev

　　该剧由《无间道》金牌导演组合麦兆辉和刘伟强指导，其中聚集了周杰伦、陈冠希、余文乐、陈小春、杜汶泽、日本人气偶像铃木杏、黄秋生等众多大牌明星。

　　一个速递小子、一个机件天才及一个顶尖职业车手，三人誓要争夺日本秋名山上的车神头衔。

　　5 年来，18 岁的拓海每天驾着父亲残旧的 Toyota　AE86 送豆腐，却无意中练得出神入化的飘移技术。对汽车毫无兴趣的他被父亲怂恿参加山路赛，以送货的旧车挑战 Nightkids 车队的 EVO　IV。拓海胜出并一夜成名。这以后的他不断面对一连串惊险的挑战赛……

名词解释: 飘移
片名中的"D"代表"飘移"(Drifting)，是一种独特的拐弯驾驶技术。驾驶者于弯路时急速刹车，导致车尾呈失控性摆动，令四轮在路面滑行，但前轮仍然指向弯角或向前。这样汽车便能以最快速度拐过弯角。

头文字 D
导演: 刘伟强、麦兆辉
主演: 周杰伦

拉面人生 Pasongsong gyerantak
导演：Sang-hun Oh

风流的大奎面前突然出现了一个孩子，名字叫全仁权，今年9岁。才26岁的年轻人怎么会有这么大的儿子呢？慌张的大奎仔细算了仁权的年龄，虽然有心虚的地方，但是不想就这么葬送自己青春的大奎决定送走仁权。为了送走他，大奎使用了所有可以用的方法，如装做不认识、向警察局报案、把孩子丢在大街上等等，但是有着孩子般面孔和大人心理的仁权，却总是让大奎想用也甩不掉。大奎越发感觉自己不是他的对手，仁权突然提出了要求，说只要大奎答应自己一件事就会马上从他面前消失。

那个要求就是横跨国度！猜想一个小孩子最多能坚持3天的大奎愉快地开始了旅行，但是反而令大奎自己先累倒了。他开始到处打听仁权亲生母亲的下落，但结果让他失望。想丢弃仁权，但是几天下来的感情使大奎又不忍心。仁权坚信结束横跨国度就会实现愿望，虽然不知道仁权的心愿是什么，但是为了结束旅途后能摆脱仁权，大奎继续着他们的旅途。旅行途中他们住在某旅店，主人怀孕的儿媳妇突然半夜被送往医院。在那里大奎知道了仁权的秘密，同时也知道了仁权通过横跨国度想实现的心愿是什么。大奎深受感动，这时他也有了必须结束横跨国度的理由。但是对此感到担心的大奎，到底能否保持自己守护了26年的未婚生活呢？

衣襟 Feathers In The Wind
导演：宋日昆

十次的圣诞节……为她的今天……"一年后能重逢吗？"电影导演"贤成"结束一部电影的拍摄后，在写新的剧本时突然决定去"右道"。原来十年前他和相爱的女子曾经一起到"右道"旅游，两个人相约十年后，也就是2004年9月5日，在他们曾经住过的"右道"的一个汽车旅馆见面。"贤成"找到了那个有着难忘回忆的汽车旅馆……

迎接"贤成"的是开朗、活泼的"素妍"，和叔叔一起经营这家汽车旅馆。"贤成"看着"右道"的大海，做好了迎接十年前的"她"的心理准备……

9月5日是风雨交加的日子，一台钢琴被送到了住在汽车旅馆店的"贤成"那里，这架钢琴成为贤成的希望和不安。十年前和初恋情人的约定到底能不能实现呢？

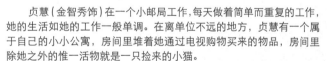

女人贞慧
This Charming Girl
导演：李润基

贞慧（金智秀饰）在一个小邮局工作，每天做着简单而重复的工作，她的生活如她的工作一般单调。在离单位不远的地方，贞慧有一个属于自己的小小公寓，房间里堆着她通过电视购物买来的物品，房间里除她之外的惟一活物就是一只捡来的小猫。

周末的午后，是贞慧感觉最惬意的时刻。她早已习惯没有任何人来探望的生活，在这样寂静的下午，她喜欢用脚趾和小猫逗趣，喜欢远远传来的孩子们的嬉闹声。在她的人生历程中，惟有这一阶段的生活才让她感觉比较平静。

其实在贞慧平静的外表之下，内心中隐藏着不愿启齿的过去。贞慧有一个不幸的童年，幼年时期受到过亲人的性侵犯，妈妈是她惟一的依靠和倾诉对象，妈妈的突然早逝带给她极大的创伤。不过，这些记忆的碎片在她的脑海中变得越来越模糊，但每当想起这些，贞慧就会情不自禁地落泪。贞慧结过一次婚，然而固执的她在蜜月旅行的第一天便抛下丈夫独自跑了回来。

平淡的日子在反复中继续着，一个男人（黄正民饰）打破了贞慧宁静的生活。这个男人梦想着成为一名作家，为了邮寄稿件来到贞慧所在的邮局。看到他，贞慧不免产生了对幸福的淡淡渴望。贞慧鼓起勇气对他说："今天晚上，到我家吃晚饭好吗？"

幸福似乎已经在远远地向贞慧招手，然而幸福真的能够来临吗？

捉迷藏 Hide and Seek
导演：约翰 · 波森

"出来吧，出来吧，我都看到你啦！"

还记得你小时候玩捉迷藏也说过同样的话吗？这些话和游戏轻易就可以勾起我们对那段一生中最无忧无虑的时期的回忆，那时候我们最简单的目标就是找到躲藏起来的小伙伴。许多孩子甚至可以假想一个玩伴，自顾自地玩得不亦乐乎。

但是，如果想像中的玩伴有时候看起来很真实呢？

对于小姑娘艾米莉来说，她和想像中的玩伴查理的捉迷藏，已经变得不那么简单和纯真了。实际上，她发现自己逐渐陷入不断的梦魇中，就连她的老爸大卫也不能阻止。查理是谁？或者说是什么？大卫很奇怪。一个想像中的玩伴怎么就能牢牢控制女儿？也许查理根本就不是想像的，那他是一个真实存在的坏家伙吗？

一个陷入麻烦的父亲和鳏夫大卫（罗伯特 · 德尼罗饰），一个变得神神秘秘的女儿艾米莉（达柯塔 · 芳宁饰），共同演绎了一个捉迷藏的故事。在故事的开始，心理医生大卫拥有一个幸福的家庭，但是妻子艾丽森（艾米 · 欧文饰）的不幸去世，让女儿艾米莉深受打击。父亲和女儿决定搬往纽约北部，希望女儿可以淡忘她和母亲在曼哈顿生活的记忆。不久之后，艾米莉想像了一个玩伴查理。大卫最初以为这样也挺好，至少女儿不会那么郁闷。但是一系列难以想像的恐怖事件让他意识到：查理也许是真的……果真如此的话，必须阻止他靠近女儿。

买鬼回家 Cursed
导演：星野义弘

美少女在便利店当兼职，可怕怪事接踵而来，黑暗乌鸦、血洗橱窗、东主妇被厉鬼缠身、来购物的顾客陆续惨死、夜班男同事肝胆俱裂……在仓库里、在雪柜里、在货品里、在制服里、在收银机里、在光管里……恐怖怨灵暗藏四周，随时夺命！

《爱神》之《手》Eros
导演：王家卫

《爱神》是由三部中等长度影片串成的三段式电影，主题为情色和欲望，由王家卫、史蒂芬 · 索德伯格和安东尼奥尼三大导演分别执导，每位导演以其独特手法探讨同样的主题。其中王家卫指导的为《手》。

1963 年，一个烈日灼人的午后，作学徒的小裁缝张（张震饰）正惴惴不安，因为今天他将第一次亲手给顾客量身，而这位顾客对店里来说极其重要，她就是华小姐（巩俐饰），一位赫赫有名的交际花。坐在华小姐华丽的公寓里，里屋不断传出男女欢爱的呻吟，张如坐针毡。

男人走后，张走进了华的房间。经过刚刚的熏染，张难以自制的魂不守舍，他被眼前穿着蕾丝睡衣的香艳胴体惊呆了。华要他脱掉裤子，用手抚摸他，告诉他既然要做个裁缝就要触摸很多女人，而且他很快会取代师父成为自己的裁缝，记住这种美妙才会裁剪出漂亮衣服。华的手在他的下身蔓延，张在几乎晕厥的悸动中很快完成了男人的第一次。在之后的几年里，张经常会见到华，但华从不提起他们的初次相遇，甚至不会流露丝毫暧昧。然而，张却一直沉迷于那次欲望的涅槃，每次裁剪都会感知到华的双手。

随着张技艺和声望的如日中天，华的生活开始急转直下，虽然她更换的男人远多于服装，但还是一无所有，以至变卖衣物，直到搬出公寓。

几年后，张见到了住在一所破败旅馆里的华，脸上写满憔悴的艰辛。她要张做一件衣服，穿着它去见美国来的旧情人，这是自己最后的希望。张努力地设计裁剪，华的尺寸早已稔熟于心，他想也许这件衣服能挽救华的命运。然而当他拿着完成的衣服回到旅馆，华已经沦落成拉客的妓女，并染上了重病。当华生命垂危之时，她提起了他们的第一次相遇……

早熟 2Young 导演: 尔冬升

主演: 房祖名 薛凯琪 曾志伟 毛舜筠 黄秋生 余安安 许绍雄
饶芷君 曹永廉 钱嘉乐

家富 (房祖名饰) 生长于劳动家庭, 父亲 (曾志伟饰) 是一名读书不多的小巴司机, 母亲 (毛舜筠饰) 是一名酒楼接待员, 家富在公共屋村长大, 家境虽然清贫, 但倒也过得自在快活, 一家人相亲相爱, 亲情比任何东西都重要。

若男 (薛凯琪饰) 在富裕家庭中长大, 父亲 (黄秋生饰) 是一位声名显赫的大律师, 母亲 (余安安饰) 是一位公益界的活跃分子, 若男自小在父母严厉悉心的安排下, 每天用功读书, 规律地练习钢琴, 被训练成为一个淑女。若男的父母经常出门公干, 若男犹如笼中鸟, 在种种的束缚下, 若男渴望享受自由自在的爱情……家富和若男带着有限的现金, 来到一座荒废的村落, 这个地方虽然没有自来水, 没有电, 但环境清幽, 恍如世外桃源, 家富和若男决定住下来, 静待孩子出世……二人过着简朴的生活, 家富为了赚钱, 甘于做粗活、做苦力, 若男挺着大肚子, 也吃尽了苦头, 家富和若男咬紧牙关, 抵抗着贫穷和饥饿, 希望能撑到最后一刻!

最终, 家富父母找到二人, 若男被送进医院的产房, 家富却被警方押走了。

真爱是什么? 单纯的真爱, 是深爱着对方, 彼此承担责任, 为幸福的未来而努力, 但家富和若男都只是羽翼未丰的年轻人, 他们在现实世界里, 能否经得起考验?

火影忍者剧场版 2004
雪姬忍法帖
Naruto UkiHime Ninbou Chuu
导演: 岸本齐史

在火之国现在有一部叫《风云公主》的电影正在火热上映中, 鸣人、佐助、小樱当然不会错过这样的热闹。在看完电影后等待卡卡西老师的时候, 意外地见到主人公风云公主的扮演者富士风雪绘。意外的遭遇必有意外的收获, 在一阵子误会之后从卡卡西老师那里得知这次任务的保护对象就是"风云公主"富士风雪绘。因为风雪绘已经厌恶了演艺生涯, 所以在保护她的同时, 还有防止她逃跑的任务。这次因为摄制组要去外国——雪之国拍外景, 但不知道为什么风雪绘至死不去, 最后实在没办法只有用"写轮眼"的能力才让她无条件服从了。

但是刚到雪之国国境便遭到不明身份的忍者的攻击, 在打斗中卡卡西这才发现袭击他们的忍者原来是多年前的劲敌雪忍——狼牙雪崩。从雪忍的口中卡卡西又知道了, 风雪绘原来就是多年前他从雪之国救出来的小雪公主……

危险的旅程就在眼前, 为什么卡卡西和雪忍曾经交手, 为什么风雪绘是雪之国的公主……这许多的为什么便引出了这期盼已久的火影忍者剧场版——雪姬忍法帖。

云之彼端，约定之地
The place promised in our early days
原作 / 脚本 / 监督: 星海诚

新锐导演星海诚继个人作品——《星の声》之后的第一部长篇剧场新作品!
在那个遥远的日子, 我们许下了无法实现的约定……

第二次世界大战以后, 日本被分为南北两个地域来统治。在尤尼恩统治下的北海道被建立在一个谜一样"巨塔"里, 暗中进行某种计划。而在美军所占领的日本本州, 还没有人知道建那座塔的真实目的。

从海峡中间望去, 可以更加清楚地看见那里的"巨塔"。对"巨塔"一直抱有未知的憧憬和敬畏的青森县少年藤泽浩纪和白川拓一直希望依靠自身的力量飞到"巨塔"上去。于是利用了军队留下的废品, 在山里战后遗迹中组装了一架小型飞机。同时对"巨塔"感兴趣的还有和他们同年纪也是共同喜欢的女孩泽度佐由理, 他们三人都觉得如果现在不去接触"巨塔"以后再也不知道什么时候才能接触它了。可这时佐由理却在中学三年级转学回到东京, 说不出的空虚和寂寞让两人失去对飞机和"巨塔"的兴趣, 放弃了梦想的行动, 浩纪考进东京的高中, 拓也继续留在青森的高中就学, 彼此在各自的道路上越走越远。

多年以后, 在东京生活着丧失目标的浩纪不知从何时开始频繁地梦见佐由理, 无意中他得知佐由理从 15 岁那年的夏天开始就患了原因不明的记忆障碍症, 一直在医院里沉睡。浩纪决心将佐由理从永恒的睡眠中拯救出来, 同时现在在政府大楼工作的拓也帮忙, 他们渐渐地发现佐由理和"巨塔"之间存在着许多隐藏的秘密, 只要他们接近这些秘密两者就会产生排斥。同时世界的局势呈现恶化, 各国开战的危机迫在眉睫。浩纪和拓也最终陷入了"拯救佐由理还是拯救世界"的矛盾之中。他们是否还能依照当年的约定, 站在下课后约定好的地方见面呢?

THE DIRTY ONE

80s 地下乐队专访

The Dirty One

主唱 | 吉他 | 贝司 | 鼓

文隽 | 刘跃 | 何一帆 | 扬帆

最近活跃场合

4月21日 | 4月30日 | 5月4日 | 5月5

13club | what 吧 | 无名高地 | 13clu

all interviews by: 妖妖

The Dirty One

乐队风格 / 乐队建立时间 / 成员平均年龄 / 代表曲目
PUNK | 2004 年 4 月 | 23 岁 | 《Million》

妖妖：乐队名称有什么含义吗？

文隽："脏的那个"。就是说，与其成为那些外表光鲜道貌岸然的人，我们宁愿永远穿着脏球鞋旧衣服，做一个自然的人。

妖妖：你们的代表曲目《MILLION》是什么含义呢？

文隽：含义是世界太他妈的大了，人知道的东西那么少，我们应该仰望天空。

　　　（……抬头……）

妖妖：嗯，你们平时不排练的时候都做些什么？

文隽：吉他手和鼓手上班，我和贝司手不排练的时候就听歌、看演出、看电影、看书、看乐队的盘。

妖妖：你平时都爱看什么类型的书？

文隽：我自己平时看的书……最近在看那本《PLEASE KILL ME》。比较喜欢垮掉派的那些书。《在路上》、《裸体午餐》、《嚎叫》等。还有大江健三郎的《死者的奢华》，还有《百年孤独》、《铁皮鼓》。

妖妖：《在路上》和《百年孤独》的确不错。

文隽：对我来说这些书很积极，充满了生命力。

妖妖：你觉得你们是容易被影响的人吗？

文隽：不是。各种事物发生了人都会做出反应、触发感受，但是感受的深浅程度是不一样的，看到或者听到接触到这样或者那样的事物的时候，我们会用自己的脑子去分析，哪些是我们要的哪些不是。

妖妖：问个大众问题，（笑）对摇滚乐有什么看法？

文隽：摇滚乐是发自内心发自本能的东西，是"人"去做的音乐，是真诚的自然的，你能听到看到发出声音的那些人的心脏、血管、脑子和魂，他们和你一样。我们只是在出声，来让我们的心脏血液脑浆和魂魄放出来。

　　　（…………吓…………）

　　采访的过程中，文隽一个人代替全员回答了问题。而其他几名男性成员则稍显腼腆。这也许是文隽坦言乐队第一次上台演出的时候，为什么只有她自己不会紧张反而很 HIGH 的原因吧。

　　在听到文隽为我播放的歌时，她那独特的声音和有些搞怪的声调使我大吃一惊，因为没有亲临他们的演出现场，所以我不能想像眼前这个外表文秀的女孩竟然有那么狂放的一面。可能因为她就是为舞台而生，为音乐而生。

THE FORGET MORNING

乐队风格 / 乐队建立时间 / 成员平均年龄 / 代表曲目
NEW PUNK | 2004 年底 | 22 岁 | 《The Forget morning》

妖妖："THE FORGET MORNING"乐队的名字是怎么得来的呢？

F：这个还真没有什么具体的说法，可能是大家都没有早起的习惯吧！就是根据我们一种生活状态起的，大家还都是孩子嘛！哈哈，而且觉得这名字挺清新的，我们都喜欢这种感觉。

妖妖：我很喜欢你们那首同名歌曲《The Forget Morning》。

F：哦？是吗？现场演出时好多人也喜欢这首歌，哈哈。

妖妖：除了做乐队、排练、演出之外，你们都干些什么呢？
张贺朋：平时在家看书，在妈妈面前做乖宝宝。
关迪：大部分时间也是待着，没事儿时去教教琴！
马剑：我是纯待着，可能过一阵要去学习学习鼓了！哈哈哈。
张春朋：开出租车！

妖妖：开出租车？哈……挺新鲜的……大家都交了女朋友么？
F：哈哈哈……没有……
　　（……谁信啊……）

妖妖：都有什么爱好么？
马剑：行，那我先说吧！我的爱好太多了。最爱的是打鼓吧，其次是打游戏机玩 PS2 啥的！嗯，还有收集 CD——好乐队的 CD，还收集 DVD 片。我现在的 DVD 和 CD 数量都够开个小音像店的了，哈哈哈，别的嘛，还喜欢抽各种的烟，还喜欢纹身不过这个东西太费钱了！没那么多资金啊……别的嘛现在想不起来了。
　　（……还真不少啊……）
张贺朋：特别喜欢开车，但技术太次了，从小我就喜欢坐车给人家关车门。

妖妖：……（-_-|||）
张春朋：我和贝司只喜欢在网吧泡着！

妖妖：你们通常是在什么情况下有灵感做音乐？

张贺朋：我通常就是拿手机把歌录下来，再修改。
马剑：他们没事晚上来我家找我打闹的时候做的，好几首都是这么出来的……哈哈哈哈奇怪吧。

妖妖：对今后有什么想法吗？
关迪：作为一个现代乐手，对音乐的理解不能太局限，不管什么风格的音乐都要多接触一些，这样才能把你的音乐做得更好。
张贺朋：做乐队就应该脚踏实地，心态绝对不能浮躁，多吸收别人的好东西，观察生活很重要。我不知道以后是一个什么概念，呵呵，我想目前我还是想把我们自己的音乐在舞台上尽量表达的淋漓尽致，其实现场这东西没那么简单，对于新乐队是种挑战！
马剑：想干好什么事情都要百分之百的付出，更何况是为了自己的理想呢！
张春朋：坚持，就这样吧。

主唱张贺朋是个稳重而感性的人，聊天的时候他总透露出他因爱幻想而产生的激情。而鼓手马剑则像个更顽皮的孩子，说每一句话都嘻嘻哈哈的，不过依然能从他眼神中捕捉到一丝不易察觉的对音乐的执著。
这里乐队还要特别感谢每个成员的父母，没有他们的浇灌就没有这些孩子这么快乐的日子。杨靓，感谢她为乐队拍摄的照片。另外鼓手马剑替乐队感谢胡宁、耿曦和所有以前在一起待过的朋友们，谢谢他们的帮助和鼓励。
采访中，他们希望能够再给他们一些时间以便重新录制一首更好的、更精良的 DEMO 献给读者。我深深地被他们这种认真的精神所打动，然而出版的时间在即，我们只能期望在未来的日子里，他们能够发行出版自己的单曲或专辑，也希望看到这里的读者朋友们能够给予他们更多的支持和鼓励。

HE FORGET MORNING

唱+吉他｜贝司｜吉他+和声｜鼓

贺朋｜关迪｜张春朋｜马剑

最近活跃场合

2004 年 8 月｜12 月 24 日｜4 月 23 日

廊坊影剧院｜江西师范大学圣诞大型演出｜天津越野风暴汽车俱乐部

641

主唱	吉他	吉他	贝司	鼓
杨雨	沈岩	于彬	吕哲	老虎

最近活跃场

2003 年 4 月 11 日 | 04 年 3 月 19 日 | 11 月 23 日 | 12 月 14 日

05 年 1 月 | 4 月 8 日 | 4 月

天津 HGH 酒吧 | 新豪运夜叉专场 | 无名高地中国地下音乐网三周年 | 新豪运嚎叫唱片

13CLUB 扭曲机器专场 | 新豪运金属联盟 | 越野风

乐队风格 / 乐队建立时间 / 成员平均年龄 / 代表曲目
NU METAL | 2003 年 3 月 | 21 岁 | 《你已不是当初的你》

妖妖：乐队成员平时除了演出之外都做些什么呢？
沈岩：我平时在琴行看店！现在还是学生，到了 6 月就毕业了。
杨雨：倒卖服装。
老虎：在芥末乐队担任鼓手玩。
吕哲：和老虎一样。
于彬：上班，在津乐园做企划。

妖妖：每个人都有自己事情在做啊，那乐队成员平时不是经常在一起啊，那你们之间的感情怎么样呢？
641：对呀，大家都自己忙自己的，但是我们的感情都很好。

妖妖：你们是我采访的乐队中演出经历相对最多的一支，那现在还记不记得第一次登台时的情形呢？
641：2003 年的 4 月 11 日在友谊路的 HGH 酒吧，当时很紧张，非常害怕演出有错误，怕乐队砸了，但是还好第一次演出我们演了三首歌，非常成功，得到了很多朋友的好评。
最后演完出去喝酒，大家还都喝多了。

妖妖：嗯，挺能体会那种兴奋的心情的。你们常常聚在一起喝酒聊天吗？都会聊些什么呢？
641：是呀，我们每次排练完，大家都要聚在一起吃饭，喝酒聊天。大多就是聊聊乐队的路线和发展还有就是说说大家的个人生活。

妖妖：对乐队未来的发展，你们抱着什么样的心态呢？
641：坚持就是胜利！哈哈！

妖妖：什么样才算是胜利呢？
641：做出好的音乐！

妖妖：平常去什么地方吃饭？
641：就是一些 路边的小摊，因为大家都不富裕。

妖妖：有没有想过若干年后，你们希望过一种什么样的生活？
641：哈哈，当然是越有钱越好了！

妖妖：现在你们通过乐队得到的收入是多少呢？
641：很少，演出最多能拿到 500 元一个乐队。

妖妖：是吗？听说你们要签约公司了，签约之后乐队在经济方面会有所改善吗？
641：嗯，还不能确定，大家还是在考虑中。

妖妖：有什么顾虑呢？
641：因为签了以后，歌的版权，会归公司两年。而且还有很多条件都还没谈妥！

妖妖：《你已不是当初的你》这首歌是怎样创作出来的呢？
641：这个歌是我们和前任主唱王佳一起创作的。

妖妖：感觉上有些悲伤，你们的唱的歌似乎都有一些抑郁的色彩在里面，这跟你们平时的生活、思想有关联吗？
641：有很大的联系，因为我的歌大都说的是我们生活中的一些身边的小事。

妖妖：看来你们是一群很感性的人哦，能说说对感情的看法吗？
641：两个人在一起只要开心就好。

妖妖：喜欢什么类型的女孩儿呢？
641：喜欢你这类的女孩儿啊，哈哈哈哈哈……
妖妖：…… (-_-||)

妖妖：我看过几次你们的演出，现场的气氛很不错，而且常有一些小女生在旁边尖叫，你们有注意过吗？
641：哈哈，注意过啊
(……眼睛开始发光……)

妖妖：如果准许你们许一个愿望，会许什么呢？
641：真的只有一个吗？那我们会选择，再给我们 N 个愿望吧。

就是在这些让我有些手足无措的男孩子们面前，在他们有些嬉闹的谈话中，让我感受到那种跳跃着的生命力。希望他们脚下的路会越走越通畅……越走越宽……

乐队风格 / 乐队建立时间 / 成员平均年龄 / 代表曲目
Eletronic | 2004 年 3 月 | 19 岁 | 《My way》

妖妖：经常听各种各样的朋友提起你们。
郑爽：是呀，我们自己也常遇到这种情况，经常有人打招呼时一副很熟络的样子，等我们莫名其妙地寒暄后呢，却完全不知道刚才说过话的人是谁。
刘媛媛：……最可笑的是有时候，说了半天的话之后，人家问起，"你认识不认识某某（乐队中某一人）！"这类的问题，而被问的人就是当事人。

妖妖：哈，那岂不是很尴尬？
刘媛媛：绝对尴尬。
张梅：更郁闷的就是，发生这种事之后她（指刘媛媛）还跟人家嘻嘻哈哈谈得挺投机。
郑爽：没错，哈哈！

妖妖：你们的感情很好！
郑爽：是呀，没组乐队之前我们就已经认识了四年了。

妖妖：是嘛？人都说三个女人一台戏，你们认识那么长时间也一定发生过不少故事吧？有过矛盾的时候吗？
张梅：哪有人和人在一起不吵架的呢，我们吵架的时候都很凶，但没有几分钟就又好得不行了。
刘媛媛：哈，我揭发！她们俩还有一次动手打架，打得昏天黑地呢！

妖妖：哦？有这回事？快讲来听听！
郑爽：都是很早以前的事啦！那时候太小，做事冲动，脾气也大。两句话不对就吵起来了！

妖妖：你们俩的身高……那打起来张梅不是死定啦？（注：主唱郑爽有着标准的模特身材，身高 181CM，张梅则娇小许多。）
张梅：不要小看我……

妖妖：后来呢？打得这么激烈，怎么和好的呢？
张梅：忘了……
郑爽：……还真是不记得了，怎么好的都忘了，反正就是又好了。哈哈，而且比以前更好。
刘媛媛：其实矛盾总是会有的，年轻冲动，吵架是难免的。

不过我们感情都很好，不会因为吵一架，打一仗就绝交的。哭一起，笑一起，不管怎样都是好兄弟。

妖妖：好兄弟？哈，你这样说好像男孩之间的友谊一样。我觉得几个女孩子之间能像你们这样非常不容易。愿意对所有的女孩子说两句什么吗？
刘媛媛：当然，希望所有女孩子珍惜女生之间的友谊。它比你们想像中的要对你们人生有意义得多。也希望有更多同胞支持我们的音乐！

妖妖：聊聊音乐吧，为什么会选择做电子乐呢？
刘媛媛：喜欢那种迷幻的感觉！
郑爽：有好多人说电子乐是机器人的音乐，特别冰冷。那是因为他们不了解电子乐。了解之后就会明白，其实任何东西也是一样，都是有生命的气息存在的。

妖妖：第一次演出的经历还记得吗？
刘媛媛：嗯，挺紧张的，但很开心，可以让很多人分享自己喜欢的音乐！
张梅：我是紧张得不行了都，刚开始和声的部分我的声音都是颤的！不过后来进入状态就 HIGH 了！
郑爽：我还好吧！主要是我喜欢舞台上的感觉。

妖妖：问一个基本上问过每个乐队的同样的问题哦，你们在不排练的时间都做些什么呢？
刘媛媛：吃东西，听音乐，打牌。
郑爽：我平时会上课，然后晚上打打工。
张梅：上课，在家待着……

妖妖：你们的生活听起来有些单调，不像是现在都市女孩的生活方式呀？
张梅：我们太懒了！
郑爽：是她（张梅）自己太懒了。跟我们俩没关系！哈哈。
张梅：……

妖妖：觉得外表对你们来说是成功的重要因素吗？
刘媛媛：算是一部分，可能是一半吧！天生就这样，当然要利用起来！

聊天在一种相当愉快的气氛下结束了。即使离开这三个古灵精怪的美丽女孩之后，我也常常沉浸在和她们在一起的时间里。常常会因为某个人的动作，某个人的话而独自笑出声音来。
她们就是这样一群让你意想不到的女孩儿，带着单纯而顽皮的心灵用音乐诠释生活。
我后来常常想起她们大大咧咧的样子，没有一点点的矫揉造作，爽朗的笑容和古怪的表情成为她们给我留下的最深刻印象。聊天时，她们互相称对方是 QQ 聊天工具里的一个表情符号。贝司手张梅是流着口水睡觉的那一个，主唱郑爽是露着牙齿大笑的那一个，而鼓手刘媛媛则是捂着嘴巴偷偷笑的那一个。
每个人都像是一个精灵，徜徉在属于她们三个人的音乐世界。

张梅：也许吧，最起码容易让别人注意到。

妖妖：哈，这算是物尽其用吗，问个私人点的问题哦，你们都交男朋友了吗？
刘媛媛：嗯，交啦！
郑爽：（幸福状……）当然交啦，爱情是生活的一部分嘛！
张梅：都快嫁了％￥……—#

妖妖：哈哈，怎么看待感情的呢？
郑爽：付出要绝对付出百分之百！
刘媛媛：感情是一切！！只要我爱！不管他穷丑或是有疾病，都不会离开他！！！或者他根本不爱我！
（………………鼓手激动了………………）
张梅：……（-_-||）

妖妖：那你们做乐队，男朋友都支持吗？
异口同声：支持———！

妖妖：你们相信命运吗？
异口同声：相信———！

（…………）

妖妖：有点俗气的问题，如果生命只剩一天，你会干什么？
刘媛媛：和我心爱的人还有朋友在一起！！抱着哭吧！
郑爽：和我心爱的人还有爸爸妈妈还有朋友一起！！吃我妈包的牛肉馅儿饺子！
张梅：躺着吧……反正也剩一天了……

妖妖：我以为你们会说些诗意的事……
张梅：你看我们像那样的女孩嘛！哈哈！

Seven Star
主唱 / 吉他 ｜ 贝司 / 和声 ｜ 鼓手
郑爽 ｜ 张梅 ｜ 刘媛媛

最近活跃场合
2004 年 7 月 ｜ 8 月 23 日 ｜ 11 月下旬
My Disco ｜ 西部酒城 ｜ 阳光俱乐部

打发声

乐队风格 / 乐队建立时间 / 成员平均年龄 / 代表曲目
Trip-hop | 2003 年 10 月 | 23 岁 | 《御法度》《苦瓜》《电梯变音》

妖妖：好长时间没见你，最近都在忙些什么呢？

蒋晓晖 最近啊，上课，睡觉！身体不太好，昏昏沉沉的。还有上网，晚上有时候上班，去唱歌。

妖妖：你太辛苦啦，多注意身体吧！现在的打发声只有你和叶天天两个人，应该相对比以前稍微轻松些吧？

蒋晓晖：嗯，还好吧。两个人的想法挺一致的，毕竟想做的东西在想法上有共鸣，做歌比较融洽。我们各尽其责，分工比较清楚，所以做得也比较高兴，没有太大的困难，挺随性的。能做自己一直喜欢的东西，也很有心气，很积极。

妖妖：《御法度》好像有一部电影，怎么会想到用它来做歌名呢？

蒋晓晖：这首歌是很早的一首作品。当时有个女孩子跟我很好，有点搞同的迹象。后来被我的男朋友发现，把我们分开，我们在一起的点点滴滴很让我难忘。《御法度》就是个讲述日本武士之间同性恋的故事片，体裁诙谐讽刺，我看了之后也挺喜欢的，所以就用它做了歌名。我的这首歌里面讲的也是琐碎的心里面的解不开的心结之类的东西，我们不能在一起了，后来也分开了，这首歌算是纪念吧，很想她，但前两天她还给我打电话，约我出去，我已经没有那种感觉了，但毕竟我爱过她，她也承认过她爱我，也许是追求的一种感觉吧。

妖妖：哦？你曾经还有过同性恋的倾向？对方是个什么样的女孩儿呢？

蒋晓晖：有一阵子确实是有这方面的倾向，她是个灵异、犀利、像小精灵一样的女孩子，那时候我跟她在一起，第一次感觉到自己也能很温顺，呵呵……挺奇怪的，她瘦瘦的，个子不高，有时候爱写点随笔之类的东西，文采很好，所以这样的人总是富有浪漫和才情。我还喜欢她干脆、洒脱的性格，不像一般的女孩子那样，挺特别的，她是个单亲，所以更是感情真挚，我珍惜她的气息。那时候我喜欢一切能让我有激情的东西，生活应该是生生不息和极致的。现在知道那时候的有些感觉不能把现在的自己骗了。

妖妖：嗯，其实我觉得采访你就像在读你的心一样，你在我眼里也是个与众不同的女孩！就我所知你和现在乐队的另一个成员曾经有过一份挺浪漫的感情经历？

蒋晓晖：嗯，也是挺教育我的一段日子，那时候，能变得乖一点。毕竟他说的一些道理，能让我意识到我可能

真的活得有点过了，那时候太自我了，但不是有句话吗？爱情能让一个人改变，其实我早就应该长大一点，只是太不情愿了。现在我们也是很好的朋友，至今我有时候有烦心的事他还会开导我。

妖妖：这样一来，即使不在一起了，创建了乐队，你们也是非常有默契的吧？

蒋晓晖：默契还是有的，但其实不是一类人，他是很智慧的那一类男人，生活井井有条，做事稳妥，懂得照顾别人的感受，有个教育很好的家庭，应该属于很积极的活着的人，起码是用脑子在活着。我有时候根本不去想一些我不愿面对的事，总是用感觉活着，太感性了，呵呵，极端，偏激，到了现在有时候还会因为一点不好的事情让自己状态极差。

妖妖：我能感觉出你是个感性的女孩儿，从你的歌声里就能听出来！你刚开始唱歌，做音乐是为了什么呢？

蒋晓晖：很简单，为了我喜欢啊。16 岁就喜欢了，那时候接触最早的也是最喜欢的就是女子 grunge 乐队 L7，那时候就想组个女子乐队，可能也是想出风头吧，呵呵……那时候特别喜欢表现自己。后来组了个女子乐队叫尖儿，三个女孩子，有两首不怎么成形的作品吧，那时候心气很大，干什么都是很积极的，但是后来知道，技术太重要了。我们那时的吉他手，只有思想没有技术。哈哈哈，想找到合适的人太难了，后来就没再做乐队，也给别的乐队帮忙唱过，但是我自己还是一直想组个女子乐队。现在和叶天天合作也是挺顺理成章的，因为毕竟现在的音乐形式在变化嘛，想做的东西也许用电脑，用软件就能完成了。

妖妖：事隔那么久之后，再回顾当初的你自己，有什么想法吗？

蒋晓晖：当初有一股对喜欢的事物不懈地追求的强大力量。当初很有想像力，也很能幻想，也很相信幻想的东西离我不远了，会达到的，可是现在才知道其实很难，什么事都很难。现在生活的心态也改变了，最近老是在理性和感性之间游离，有点矛盾，开心的感觉没有以前多了，还要面对一切让我头疼的事，好像就是以前能让我高兴的事情，现在不能了，可能是我对感觉的要求更高了吧？可我都得去一个人一一面对。我最喜欢的事情，比如音乐，能让我找到生活的激情。

妖妖：人长大了，对事物的看法总会改变的。而且许多

采访中，我总是被晓晖姐姐忽然一阵爽朗的大笑，又忽而变成阐述她内心世界时的认真而搞得手忙脚乱。如果在古代社会，她一定是位ว身闯荡江湖、行侠仗义的侠女，而又不为功名和尘世所动。她在她自己的有声世界里，用她喜欢的方式去生活，去感受。

我也相信她和她的打发声乐队一定"行的！"简单的两个字包含了她对自己所有的期望和信心，也包含了所有朋友和家人对她的爱和支持……

事情经历得多了就会渐渐失去新鲜感，变得没有当初想像的那么美好。现在你对你的未来，对乐队的未来有什么想法吗？

蒋晓晖：做自己喜欢的音乐，还会做下去，会不断地做新的东西，然后等歌曲的数目差不多了，也都满意的时候，会出一张专辑。对于未来，我还是努力积极起来，享受每一天，爱我的朋友，我的家人，我真的特别需要他们，没他们我就死了。

妖妖：你的家人对你影响很大吧？

蒋晓晖：我有点恋母，小的时候有一阵子见不到我的爸爸妈妈，很想他们，我就老哭，呵呵，有一次，好不容易看见我妈妈了，妈妈给我买了个面包，我吃完了把面包兜儿还留着，想她了拿出来看的时候，眼泪止不住的流呀，那一阶段有点受刺激。但是长大了以后十三四岁的时候就开始希望自己能独立，不受家长的制约，说实话，从小到大，没做过一天听话的孩子，我没听过他们的话，但是我还是很爱他们，我爸爸妈妈都很爱我关心我。

妖妖：那如果让你重新回到13岁，你会选择和当初一样的路吗？

蒋晓晖：如果能选择，我会组自己的女子乐队！13岁就干！！哈哈，那太牛逼了！现在都老了，呵呵！

妖妖：你好像对组建乐队有种特殊的情感啊，有什么乐队对你影响深刻吗？

蒋晓晖：组乐队是那时候对演出的一种表现形式的欲望，手代不一样了，音乐的形式也在越做越尖端，好多人现在从乐手变成了制作人，都是一个蜕变的过程，不过到现在我还是特别喜欢朴实的 band 的形式。还有就是我最爱的 portishead！对我的影响也是很大的，太妖娆了，我喜欢女主唱 beth 的声音，喜欢他们的编曲。我知道这个乐队的歌是能抓住我的心的，激动，每次听都激动！哈哈！

天妖：对了，你说你喜欢张悦然？

蒋晓晖：是啊，真的太喜欢了，她的所有的书我都有，我看完之后，总结了5个字，"华丽的悲伤"。是我喜欢的风格，看她的书，觉得很洋气，比喻东西也太独到了，你知道我喜欢不一样的，稀少的东西，读她的文字能让我看到我想不到的一个境界！最喜欢那本《红鞋》。

天妖：说了这么多关于你的事情，也来聊聊叶经天吧？他还有一支自己的乐队叫做暗日投影是吗？

蒋晓晖：对啊！现在也在继续呢！

天妖：照片里没有出现他，他是个害羞的人吗？

蒋晓晖：呵呵，不是啊。他就是喜欢幕后的感觉，是个有内涵的人，资深人士哈哈哈……

天妖：好……好……嗯，你也是80后的孩子，现在80后似乎成为一个代名词，你对此有什么看法吗？

蒋晓晖：80后这个词好像被春树小姐不止一次的提起过！！我自己认为80后只是指的一代人，谁也没有权力把这代人定义成什么，毕竟就算年代一样的人，也不一定内心一样啊，有些人自做主张的诠释真是幼稚。这词在我的脑子里只是个名词，没有形容的概念。

天妖：最后，有什么想说的话吗？对自己也好，或者是他人？

蒋晓晖：我就是希望我周围的我的真正的好朋友们，他

们能快乐，可能有时候会有不顺利的事情会让他们沮丧和绝望，但人还是得活，所以干吗不努力快乐呢？把不好的事情看淡点，把快乐的事情抓紧点，就说这几句吧，这也是昨天我爸爸劝我的话。我要相信我自己，行的！

CD 推介

Weezer / Make Believe
Pop/ Rock

1992 年的情人节 Weezer 在美国的洛杉矶组建，他们的第一张同名专辑取得了非常大的成功，其中的单曲人《Buddy Holly》为他们赢得了多个 MTV 奖项。他们准备了近 3 年的第 5 张全新专辑《Make Believe》于今年的 5 月正式发行，应该说这张新专辑的制作并不是很顺利，直到 2004 年乐队才找到创作的感觉，而之前写下的 20 多首歌曲则全部被废弃了。

May 10, 2005
Geffen Records

Rob Thomas / Something To Be
Pop/ Rock

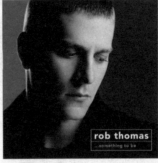

拥有首张专辑就获得美国录音工业协会 (RIAA) 最高荣誉钻石奖（销售量达 1 千万张）荣誉的火柴盒 20 合唱团 (matchbox twenty)，其中的风云人物，也是乐团里的灵魂主要角——主唱罗伯汤玛斯 (Rob Thomas)，曾获选为 People 杂志 "50 名全球最美丽的人物" 之一，也曾在 1999 年为山塔纳 (Santana) 重新复出的首张单曲《Smooth》助阵而一举获得 8 项葛格莱美奖，不仅替山塔那缔造音乐事业高峰，更在音乐界传为一段佳话。这位散发着迷人气质的乐坛才子，今年五月推出第一张个人大碟《单飞不解散的罗伯》，势必为 2005 年乐坛投下一颗大炸弹。

April 19, 2005
Atlantic

Nine Inch Nails / With Teeth
Pop/ Rock

Industrial Rock(工业摇滚) 班霸 Nine Inch Nails 的全新专辑《With Teeth》（原名《Bleedthrough》）已大功告成，也是他们自《The Fragile》以来的新作，包括 Foo Fighters 的 Dave Grohl 为他们打鼓。

May 3, 2005
Interscope Records

Gorillaz / Demon Days
Rock

曾经在乐坛大受欢迎的虚拟乐队 Gorillaz，最近终于有新专辑要发行了！他们的第二张专辑就命名为《Demon Days》。这张《Demon Days》于 5 月 23 日正式推出，而新单曲《Feel Good Inc》则定于 5 月 9 日发行。对于这张新作品的风格，身为团员之一的 2D 表示，乐风相当的丰富且多样化！连幕后操刀者 Damon Albarn 也特地跳出来为他们宣传。

这张新专辑除了 Damon Albarn 担任主唱之外，还将找来嘻哈老将 De La Soul、演员 Dennis Hopper、与 R&B 传奇歌手 Ike Turner 前来跨刀助阵。

May 24, 2005
Virgin Records

Secret Garden / Earthsongs
New Age

在音乐风格上, Secret Garden 在新专辑中并无任何刻意地改变，延续着他们宁静、质朴而优雅的格调，充满着古典主义的美感和凯尔特音乐独有的欢快和乐观；配器方面则以小提琴、钢琴以及人声作为三大支柱，配以木管乐器或者电子合成器。在《earthsongs》中，Secret Garden 延续着自己优秀的表现，同时还邀请了英国当红跨界男高音 Russell Watson 演唱专辑的主打曲目《Always There》，优美深情的旋律加之沃森那温暖而柔顺的嗓音，使这首歌曲充满着大气而动人的气质。此外，专辑中的《Searching For The Past》是专为《2046》而作的，但似乎并没有出现在电影中。

March 8, 2005
Decca

Garbage / Bleed Like Me
Pop/ Rock

已经有好一阵子没有推出新作品的 Garbage，最近完成在即，不过他们也透露在录音的过程当中，充满许多冲突，成员们经常吵架。

Shirley Manson 表示："在录制这张专辑的过程中，我们发生很多问题，我们一直没办法聚焦，而且对于自己做的东西也失去热诚。而且我们彼此之间也有很大的争执，这种争执的感觉真的很糟糕，因此我们决定暂时各自回家冷静，所以 Butch 决定回洛杉矶，而我则决定回苏格兰。"

Garbage 内部总算将问题解决了，而且新专辑《Bleed Like Me》则于 4 月 11 日正式发行，至于新单曲《Why Do You Love Me?》则率先推出。

Wea

Aqualung / Strange and Beautiful

Pop

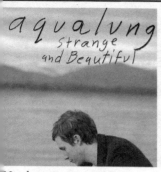

March 22, 2005
Red Int / Red Ink

因为他的第一支单曲《Strange & Beautiful》被广告人相中，用做福斯新款金龟车 (VW Beetle) 电视广告主题曲，顿时全英国的电视游戏院四处皆可闻那首歌，Aqualung 就此一夜成名，单曲顺利攻进十大热门榜 (No. 7)，彻底翻转了他几乎以为无望了的音乐生涯。而他的首张专辑也终于正式发行。那些独自在家中，以杰出的主奏钢琴与简单的合成节奏完成的歌谣，凭借着他的古典背景，为那些感伤的气氛提供了傲视同侪的扎实基础。仿若脆弱的 Thom Yorke，或者不那么华丽的 Rufus Wainwright 哼唱着自己的关于爱与失落的故事。动人如斯，怎能错过！

Stereophonics / Language.Sex.Violence.Other?

March 14, 2005
V2. / Bmg

1996 年在英国南威尔斯成军，1998 年全英音乐奖最佳新进乐团得主，Stereophonics 迄今已发行过四张专辑，全球专辑总销售已超过七百万张，继前三张专辑《Performance And Cocktails》、《Just Enough Education to Perform》《You Gotta Go There to Come Back》都在英国榜拿下冠军后，2005 年 3 月 14 日发行的第五张专辑，辑名称来自于国外电影电检的分级制，也是 DVD 背面常见的产品标示，身兼主唱 / 作曲 / 吉他及钢琴手的 Kelly Jones 以此反问大家，是否所有的世间情欲都可以用这些电检标准来分类，还是有其他的方式呢？

Anastacia / Heavy on My Heart

Pop/ Rock

March 28, 2005
Sony/Epic

从灵魂深处发声的 Anastacia 绝对以专注的情感诠释专辑里的每一首歌，在她第二张作品中清楚感受到她澎湃激昂的情绪释放，依然在 Ric Wake 的全权操控下完成，游走于各式层次丰富乐风，首支单曲 Paid My Dues 的重味节奏，Anastacia 锐意展现宽广的音域，率真畅谈出道前辛酸史；坦承自己是不折不扣怪胎的同名单曲《Freak Of Nature》带有 Funky 调调的中板舞曲；以非洲鼓耐人寻味节奏所建构的《Overdue Goodbye》，悠扬温煦回味逝去的情感；收起狂放的气势感性抒怀的《How Come The World Won't Stop》，见识到 Anastacia 善变谜样本色，巧妙挑动听者与之同相声息。

New Order / Waiting for the Sirens' Call

Pop

March 28, 2005
Wea

曼彻斯特传奇性乐队 New Order 继《Get Ready》后四年来的全新专辑《Waiting For The Sirens' Call》

本专辑由 Tore Johansson (The Cardigans/Franz Ferdinand) 与 John Leckie(The Stone Roses) 联袂监制。

Low / The Great Destroyer

Pop

January 25, 2005
Sub Pop

由独立大厂牌 Sub Pop 发片，第七张录音室专辑，却找寻不到了往日 Slowcore 的面孔……很多段落都传统 Rock 的很。旋律依旧如往的让人痴醉，但强劲的吉他却会让沉醉于他们以往唱片的回忆不知所措。以往的阴郁夜曲还在，只是会有突然间的流星爆炸，裸露在火焰和赤色的光彩中。

Thievery Corporation / Cosmic Game

Eletronic

February 22, 2005
Esl Music

完美的电子风格 Thievery Corporation 的最新专辑《Cosmic Game》于 2 月 22 日在北美地区上市！

在华盛顿特区开有 Lounge Bar，并拥有自己的音乐厂牌 ESL (Eighteenth Street Lounge 的缩写) 的窃盗集团 (Thievery Corporation) 二人组，最擅长的是广泛撷取各地及各种不同的音乐元素，以不同的异国风情旋律，配上真吉他器的演奏与人声演唱，再加以飘逸的 dub 音场与缓拍的电子节奏，积极营造优雅舒适的沙发情境，解放人们深锁紧绷的心理情绪，是除了 cafe del mar 之外的另一 Lounge 音乐山头。

Thirteen Senses / The Invitation
Indie

January 17, 2005
Universal/Vertigo

其实 Thirteen Senses 这样的乐队，若没有 Keane 在之前那么风光，的确有望进入 2004 年英国一线。他们的音乐在制作上将钢琴作为主要的 Groove 进程元素，不知道是不是受到 Keane 的启发，不过像类似的编曲之前也有惨兮兮的《Starsailor》，只是 Thirteen Senses 在吉他方面的表现仍旧会让人觉得他们是一支不折不扣的吉他乐队。他们的歌曲绝对悦耳清新，也因少有过于易记的旋律而反而令人在听觉上不容易疲劳。相比 Keane，Thirteen Senses 更耐听。主唱会令我想起那队不太有建树的 Geneva 来，英国腔调对 indie 乐迷来说，绝对不容错过。

3 Doors Down / Seventeen Days
Rock

February 8, 2005
Universal

3 Doors Down 在沉寂了两年之久后，终于推出了他们的全新专辑《Seventeen Days》。

这张专辑在风格上依然延续了 3 Doors Down 一贯的 Rock 风格。但应该说 3 Doors Down 的魅力也正在于此！

正是 Rock 的风格使我们爱上 3 Doors Down！

Sweetbox / Greatest Hits
Pop

February 7, 2005
Avex Trax

Sweetbox 成立于 1995 年。最先由 Tina Harris 担任主唱。95 年推出首支单曲《Booyah Here We Go》，隔年发行第二张单曲《Shakalaka》，在纽约的舞曲榜 3 周冠军。97 年一首取样自巴哈名曲《G 弦之歌》的《Everything's Gonna Be Alright》传唱全球，在英国、欧洲大陆、日本与美国告示牌都登上销售排行。不仅如此，Sweetbox 还赢得了在日本葛莱美点播榜 Top10 中停留了 8 周之久。如此耀眼的成绩，让 Sweetbox 的专辑被全球 47 个国家发行，一共创下了 3 千万张的绝佳销售。

大家熟悉的糖果盒子合唱团大部分来源于那张糅合节奏蓝调与古典乐曲的独特风格《街头巴洛克》，这张是她们 2005 年最新专辑《Greatest Hits》！

The Cure / Seventeen Seconds
Rock

April 26, 2005
Rhino Records

我们挣到了一些钱，我们这些钱租了 10 天录音棚，我们只在那儿待了 8 天，我拿回了后两天的费用，我们拍了全部照片，并且终于在早上八点钟结束了录音。我对这帮家伙说：你们能不能干点出格的事儿？因为一切都正常得有点儿可怕。做这张唱片的时候，我们才真的觉得实在创造一些前无古人的事情，从这开始，我觉得每一张唱片都可能会是乐队的最后一张唱片，所以我只是想尝试着做些能成为里程碑式的事业，我感到《Seventeen Seconds》是一张少有的诚实作品。"A Forest"我想把声音做的大气一点儿，Chris Parry 说："如果你能让电台听众喜欢你就创造了流行。"我说："这声音多棒啊！它深入我的脑海，我才不管流不流行呢。"

Toby Keith / Honkytonk University
Country/Rock

May 17, 2005
Dreamworks Nashville

在 9·11 之后，Toby Keith 迅速做出了非常强烈的反应，这一切都表现在了他在 2002 年录制的单曲《Courtesy of the Red, White and Blue (The Angry American)》之中，愤怒的声音，强烈的节奏，吸引了美国无数的爱国人士的关注，而这首单曲所反映出的通过武力打击恐怖分子的战争论调也引起了非常广泛的争议，甚至遭到了一些主流媒体的批评。虽然引起了争议，但是 Toby Keith 第七张专辑《Unleashed》销售火热，不仅成为乡村专辑榜的冠军，而且还成为了 Toby Keith 第一张 Billboard 200 排行榜的冠军专辑，专辑销量迄今已超过 330 万张。

Oasis / Don't Believe The Truth
Pop/ Rock

May 31, 2005
Sony

筹备多时的 Oasis 新专辑《Don't Believe The Truth》在五月底发行。而一向对自己的作品很有自信的他们，也表示这是他们有史以来最棒的一张作品。

Noel Gallagher 在接受访问时说道，他们的新作《Don't Believe The Truth》是 Oasis 自发行处女专辑《Definitely Maybe》以来最棒的专辑，尽管他们花了三年的时间才完成这张专辑，但是令 Noel 感到相当的骄傲，同时也表示这是他们所有专辑中最优秀的一张。"我对于这次的作品感到相当骄傲，我们终于有所突破了，突破以往所遭遇到的瓶颈。"Noel Gallagher 如此说道。

Goldmund / Corduroy Road
Post-Rock/ Experimental

2005
Type Records

Goldmund 背后是一位叫做 Keith Kenniff 的美国音乐人，同时也是波士顿 Berklee College of Music 的学生。他本人另外有一个电子 / 舞曲的创作代号，叫做 Helio。

不过，Goldmund 这张专辑和电子毫无关系。这张 Corduroy Road 从头到尾只有钢琴的声音，偶尔会有一些吉他，而且音符极少，用别人的一句评论来描述，"现代极简主义 (minimalism) 漂亮的注解"。

适合深夜听的音乐。前几天通宵埋首在电脑屏幕前写报告，而此刻你的合作伙伴一个正在喜马拉雅山远足，另一个正在上海寻欢。所幸耳机里有这张专辑陪着我。

Alasdair Roberts / No Earthly Man
Folk Rock

Mar 22, 2005
Drag City

Alasdair Roberts，苏格兰民谣唱作人，作品带有浓重的凯尔特民间音乐特色。这是能让人（起码我）平静的一张专辑。由于掺杂了若干对苏格兰的个人感情在里面，我极其喜欢。

Spangle call lilli line / Trace
Pop/ Rock

April 20, 2005

SCLL 新专辑《TRACE》在 4 月 20 日如愿推出了。不过这次的封面设计好像变成了抽象派，一改以往的幻想派作风。果然上来的三首歌就风格大变，略带 bounce 的电子跳跃节拍和之前的后摇风格似乎怎么也联系不到一起。究竟失去了后摇风味的 SCLL 还是他们吗？这是个值得考虑的问题。但是我的耳朵肯定还是向他们投降。除了第三首《u-lite》实在很蒙以外，风格发生变化的第一首 "ttyy" 以及带有即兴感觉的 "corner" 都非常好。不知道哪一个才是他们今后的方向呢？专辑的后半部还是回归他们最熟悉的舒缓。我比较喜欢 "R.G.B" 和 "SUGAR"。这仍然是适合夜晚聆听的音乐。

Pillow/Pillow
Rock

January 21, 2005

pillow 和此前介绍的 sweek 同属比利时厂牌 Carte Postale。从 CP 的首页上也可以看到，他们所关注的音乐类型集中在后摇和电子两种上，此外他们还对 do it yourself 这一创作颇为偏爱。

以上介绍并不意味着 Carte Postale 旗下的乐队个个优秀，至少我自己对 pillow 这张处女作不是很喜欢。简单概括的话，可以说 pillow 择取了器乐后摇中的轻灵音色并混入电舞节奏。这样听起来很讨好，但是像 piano magic 今年的新专辑一样，感觉底蕴欠缺。

pillow 是一支比法两国的混编乐队，2004 年 1 月成立。官方网址（全法文）：http://www.pillow.be.tf/

Various / Cross Collaborations
Electronic

2005
Full Cycle Records

个人认为所谓的 Full Cycle 系其实是 Roni Size 系，像 Krust、Suv 还有担当本合集 MIXER 的 DJ Die 都是 Roni Size 当年横扫英国 DNB 圈时的朋友和帮手。所以这张碟的 NOTES 上说 "We'll show you what happens when Roni Size meets Krust, Krust meets Die, Die meets Clipz, Clipz meets Surge and Surge meets D Product." 实在是意义不大——十年前我们就见识过啦。

Paradise Lost / Paradise Lost
Indie Rock

March 1, 2005
Bmg/Gun

这支来自英国的老牌 Gothic/Death Metal 乐队自 1995 年的《Draconian Times》表现一直差强人意。对这张专辑有评论认为是对其早期风格的回归和体认。粗略听了一下，整体性上保持较好，不像 Macbeth 新专辑那样支离破碎。细节方面，专辑中没有女声，没有弦乐，Nick Holmes 也没有真的像 1991 年的 Gothic 那样以死嗓歌唱；有大量的合声。比较 2001 年的 Believe In Nothing，电子迷幻味有所减弱。我对这张的杀伤力评价是百分之五十。我的理解是，在寻求突破创作瓶颈和把握已得利益之间，《Paradise Lost》以这张同名新作做了妥协。

Cheon Sang Ji Hee/Too Good (Single)

Apr. 2005
Ko music

韩国乐坛新人辈出，这队女子组合 "Cheon Sang Ji Hee"（天上智喜）势必是大家注目的新名字。她们一行四人，由两人女子组合 Isak n Jiyeon 成员 Ji Yeon、独立歌手 Dana 和曾在日本推出唱片的 Sandy 及在美国试音时脱颖而出的 Stephanie 所组成，并由韩国皇牌制作公司 SM entertainment 一手出品她们第一张大碟《Too Good》。四人各具魅力，无论是形象、身材、唱功及舞艺都相当出色。加上 SM entertainment 曾发掘出不少乐团，如 H.O.T、S.E.S、神话、Fly To The Sky 及东方神起等全是旗下的组合，且看「天上智喜」这四位女子首张大碟的表现吧！

Yoon, Jong Shin/Behind The Smile

Apr. 2005
Ko Music

不知不觉，唱作人 Yoon Jong-shin 自 2001 年推出第九张《Shade》已阔别乐坛多年，他这张最新发行的第十张大碟《Behind The Smile》终可一解乐迷久等之苦！此乃限量版 CD，对于乐迷可谓别具意义！Jong Suk-won 亲自写了四首新歌，而 Yoon Jong-shin 发掘的 Hareem 的一首新曲亦见于此碟。而其余七首作品则由 Yoon Jong-shin 创作。以情歌见称的 Yoon Jong-shin 在创作上不断有新尝试，无论是悲歌、流行歌或慢歌，他也一一涉猎。第十张唱片以《Vintage》为题，Yoon Jong-shin 希望创作出历久不衰的金曲，以"旧曲新调"的方式烹调出 60 至 80 年代的好音乐！

Ryu Siwon / 桜 [MAXI]

Apr. 2005
Ko music

因为韩剧《美好日子》而打入日本市场的柳时元，备受日本观众的欢迎，在日本的出道大碟《约束》的销量高达 10 万张，初登场即打入 Oricon 的大碟榜的第七位，最高更升至第四位，柳时元是首位能够以韩国男性艺人身份打入 Oricon 大碟榜的前五位，可见他已经在日本乐坛站稳阵脚。

Kim, Jo Han/Me, Myself, My Music

Apr. 2005
Ko music

韩国 R&B 鼻祖金祖汉，是集唱、作及编曲于一身的全能歌手，这张《me, myself, my music》是金祖汉蛰伏四年以来首张新专辑，相隔 2001 年推出的第三张大碟，在这段期间他只于 2002 年秋天发行过一张迷你专辑。金祖汉将他的所听所闻的好曲式，R&B、Soul、Hip-Hop 等曲风包罗其中，一一放于他的最新唱片之中。今次的主打情歌《Though I threw out》（第一首）的配乐是与管弦乐大乐团合作，另外推荐歌包括：幽幽的 R&B 曲子《Two of us》（第三首）、林轸永创作之《I Love You》（第 13 首），此曲曾收录于他之前的迷你专辑内。

Sung, Si Kyung/Vol. 4 - I want to dream again

Apr. 2005
Ko music

Sung Si-kyung 的乐迷久等了，继 2003 年《Double Life ; One Side》已一年半未有推出全新大碟，这位情歌歌手终于在 2005 年回归乐坛，推出第四张大碟《I want to dream again...》。唱片由皇牌监制 Kim Hyun-suk 炮制，以 Sung Si-kyung 一贯擅长的情歌及抒情曲风为主，新曲有民谣、Bossa Nova、Jazz、R&B 及不少的中板抒情歌，而他亦亲自为数首新作谱曲。主打歌《I'll be okay》虽然是首失恋情歌，经 Sung Si-kyung 的温婉演绎，加上由悲伤仿化为积极的歌词，令人听起来顺服自然，一听着迷。另外，Sung Si-kyung 亦找来不少乐坛猛人炮制新歌，令人期待！

Park, Jung Hyun/On&On

Apr. 2005
Ko music

实力派歌姬朴正炫，是 2004 年首位登陆日本的韩国 R&B 歌手，踏入 2005 年她推出第五张大碟，出生于美国的她选择在美国亚利桑那州的沙漠中拍摄唱片封套，意味着她的音乐旅程将继续下去！首批限量版的 CD 上有朴正炫的亲笔签名。《On&On》碟内曲调及声乐编曲由朴正炫亲自包办，她独特的 R&B 唱腔再加上其他曲式，令这张唱片备具 R&B 韵味！东方乐曲《Moon》（第四首）由二胡乐师陈明（Chen Ming）亲手伴奏，朴正炫的词令全首曲更具东方特色。

Cho, Kyu Chan/Guitarology

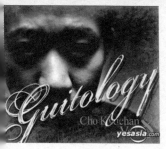

继 2003 年 11 月推出第七张大碟后，Cho Kyu-chan 告别了一贯的 R&B 唱作歌手形象，在《Guitarology》灌录之前鲜有的摇滚乐曲式。这第八张唱片的革新，是源自他早年受 Beatles 及 Pink Floyd 的音乐影响，今次 Cho Kyu-chan 从音乐出发。第三首《Everytime》贯彻了现代摇滚乐，完全反映 Cho Kyu-chan 意图改变的心机。此外，他负责此碟和音及监制部分，当然亦不少的作曲及填词。Cho Kyu-chan 之前曾翻唱国语 R&B 歌手陶喆的《Melody》，为华语歌迷所熟悉，今次他以全新音乐形象示人，必定给人耳目一新的感觉！

Apr. 2005
Ko Music

Lee Jae Jin/It's New

身为男子跳舞组合 Sechs Kies 的前成员，Lee Jae-jin 的舞技当然不容置疑，但是大家仍不容忽视他的音乐才华！进入他的第三张个人大碟，全新的《It's New》以跳舞音乐为主，相比他一年前的唱片，今次的曲风较为自然，崇尚自然为主。

Apr. 2005
Ko Music

安七炫 /Persona

安七炫久违了乐坛两年半，相信各位乐迷仍对安七炫的个人大碟翘首以待吧！出身韩国歌坛超级组合 H.O.T 的安七炫在 2005 年春天以最个人心声推出第三张大碟《Persona》，在慢慢的节奏及悲伤的弦线吉他伴奏下，安七炫徐徐地唱出心中所思所想，坦白了男子面对与爱侣分离之痛。碟内一曲《Illusion》亦是一首不可错过之哀歌，而另一曲《Just One Day》则是《魔术奇缘》的主题曲。专辑以安七炫露出上半身结实肌肉的照片为封面，专辑中大部分的歌曲都是他自己作词、作曲和编曲，展露他的音乐才华。

Mar. 2005
Ko Music

Eun, Ji Won/The 2nd Round

前 Sechskies 团长 Eun Ji-won 近来忙得不可开交，继完成他首部电影作品《High School Girl Gets Married》，再次以个人姿态推出第四张大碟《The 2nd Round》。在这张专辑中，一班韩国 Hip-Hop 大家庭 Movement Crew 的成员如 Dynamic Duo、Bobby Kim、T、Leessang、Smokie J、YDG（梁东根）、Double K 等仔仔一堂，参加制作工作。Eun Ji-won 亦亲自为监制、填词及 RAP 制作工作。另外，Lee Hyo-lee（李孝利）亦在第八首歌中为 Eun Ji-won 献唱。

Feb. 2005
Ko Music

Seven/ 光 [MAXI]

继 Rain 之后，另一位韩国大热 R&B 歌手 SEVEN 也将席卷日本乐坛。SEVEN 在 2003 年推出首张大碟《Just Listen...》以来便大受欢迎，他的服饰造型更是韩国年轻人模仿的对象。《光》乃 SEVEN 在日本的出道作品，他更找来日本著名组合 Do As Infinity 的长尾大作细碟的监制，细碟收录了两首日文歌《光》和《尘星》，及一首韩文歌《Crazy》。《Crazy》之前只在网上推出，但已吸引 26 万人下载。相信以 SEVEN 独特的声线和精湛的舞艺，必定可以在日本掀起热潮。

Feb. 2005
Ko Music

Wax/Vol. 5

继 2004 年 3 月推出《WAX Best Day & Night》精选专辑，WAX 将尝试以最多元代表的曲风在第五大碟中与各位乐迷面见！无论是摇滚乐、舞曲、Hip-Hop 曲式，你亦可在新碟中一一找到！由 Loveholic 团长 Kang Hyun-min 主唱的主打歌《Don't tell tales about me》甚有 Wax 的风格，可算是为她量身打造。第八首《Before sorrowing》源自 90 年代 Cool 的大热歌曲，今次 Wax 翻唱的版本更令人惊喜！至于与 Double K 合唱的《Pillow》，Hip-Hop 舞曲旋律加上两人自成一格的唱腔，这个组合令整首歌顿时更有特色！

Feb. 2005
Ko Music

text:viezone

冈崎律子离开我们已经有整整一年了，回想当初冈崎小姐逝世消息来得是那么突然，在音乐网听到"作曲家冈崎律子小姐因败血性休克去世，享年44岁"以至于让人完全不能接受。我一度以为这只是个迟到的愚人节玩笑，甚至在某些网站上看到后依然相信那一定是有些误会。然而，现实往往是残酷的，在看过官方的网站、冈崎律子自己的个人网站、Fans的网站后，我终于意识到这并不是一个流言……冈崎律子小姐走了，真的走了，这样温柔、善良、才华横溢的一个人竟然走了，这世界上从此少了一道风景，那些悦耳动听的旋律，仿佛也成了永恒的断章。

说到冈崎律子，许多人或许对这个名字并不熟悉，然而提到《Love Hina(纯情房客俏房东)》、《FruitBasket(水果篮子 / 生肖奇缘)》、《Sister Princess RePure(妹妹公主 RePure)》、《愛天使伝説ウエディングピーチ (婚纱小天使)》、《円盤皇女ワるきゅーレ (圆盘皇女 / 飞碟公主)》、《彼氏彼女の事情 (他和她的故事 / 男女跷跷板)》、《アキハバラ電脳組（秋叶原电脑组）》等作品，相信喜欢的人不在少数。而当知道动画中那些悦耳的歌曲和音乐不少正是出自这位才女之手，其中甚至有部分是由她亲自演唱，又有几个人不感到遗憾与痛惜呢？

冈崎律子于1959年12月29日出生于日本长崎县，高中时代便开始自己作词作曲，大学就已经在文化祭的音乐会上发表自己的作品。1993年为红遍日本、台湾、香港、韩国、马来西亚、法国、意大利、美国的动画《魔法のプリンセスミンキーモモ (魔法小仙女／甜甜仙女／魔法小公主／梦公主)》写的歌曲应该是她加入动画界的处女作。而随着动画中由冈崎律子自己作词作曲兼演唱的《约束》这首委婉动人的插曲的响起，冈崎律子这个名字也第一次写入了无数动画迷的心里。

接踵而来，动画片《纯情房客俏房东》、《水果篮子》、《圆盘皇女》、《妹妹公主 RePure》，每一次她的音乐总给动画界带来新的惊喜，因此这个名字也很快被更多人所熟知。

当然，冈崎律子的音乐并不局限于动画中，她也为声优们的个人专辑写了不少歌曲。林原めぐみ、飯塚雅弓、井上喜久子等著名的声优都曾获其供曲。像堀江由衣今年4月28日刚刚发行的专辑《乐园》，其中就有四首歌为冈崎律子作词作曲。

同时，冈崎律子也活跃于游戏界。不久前台湾刚刚代理发售的游戏《天使恋曲 (ASDVD 生まれたばかりの

七张 single，重新回味冈崎律子的声线

LoveSong)》，其资料片《SR》中的歌曲正是冈崎律子所创作。《SR》CD刚在今年3月20日出版，可惜在台湾代理的版本中还不能听到这些歌曲。

此外，冈崎律子自己也出版了七张专辑，其中第七张专辑《life is lovely》刚在去年的5月20日出版，至今不满一年。

而冈崎律子也曾和日向めぐみ组合メロキュア，为《円盘皇女ワるきゅーレ》、《ストラトス・フォー STRATOS4)》创作过不少歌曲。

喜欢冈崎律子的歌已经是很久以前的事了，但最初让我知道冈崎律子这个人的，是她为1998年TV动画《秋叶原电脑组》演唱的《シンシア・爱する人（真诚的・爱人）》。

"我以前曾经希望自己长大能够当一名护士，我好喜欢医院里的护士小姐温柔的笑容……后来又想当空中小姐，因为能够天天坐飞机感觉一定很棒……再后来又想当女警、溜冰选手、少女漫画家……可是，我看我什么都当不成了……"少女内心纯真的梦想，伴随着淡淡的失落，而柔和动人的旋律则在一旁悄悄地响起……那是我第一次被这首歌所感动。

但如果说这首歌在动画第十一话作为女主角花小金井ひばり（云雀）的独白的背景音乐只给我留下了一个深刻的印象，那么在第二十话当它随着大鸟居つばめ（燕）的眼泪一起出现的时候，我则被彻底征服了……小燕内心的孤独，对家庭的渴望，那冰冷外表下所隐藏的寂寞，在这首歌的衬托下如此清晰的冲击着我的内心，以至于眼泪无法抑止的涌了出来。在那一刻，除了这歌，我再也听不见任何声音，而在小燕的沉默中，我却看到了无尽黑暗中少女无助的哭泣……

据说，这个场面后来入选年度最感人的五十个动画场面之一。

在看完动画后不久，我终于千辛万苦地进入了《秋叶原电

脑组》原声集。我一边重温着当时的感动，一边翻开了歌词本想知道是谁创作了这份感动，又是谁传达了这份感动。而当我惊讶地发现两者竟是同一人时，才第一次被冈崎律子这个名字所震撼。

于是，我开始疯狂地收集关于冈崎律子的一切。很快，我发现当年自己所钟爱的动画《魔法小仙女》竟然也有不少冈崎律子的作品，特别是最终的片尾曲《约束》，更是让我如痴如醉。

喜欢听冈崎律子写的歌。冈崎律子所创作的歌曲有着独特的个人风格，她注重旋律的悠扬，喜欢用简单而朴实的伴奏衬托出优美的旋律，同时也致力于营造出一个场景、一种气氛。这样的歌曲非常适合作为动画的背景音乐，适当情节如果拥有这样的歌曲衬托，那么其感染力总是成倍的增加。《约束》和《シンシア・爱する人》正是其中的代表，因此也无怪在《シンシア・爱する人》的衬托下《秋叶原电脑组》第二十话那个场景会被选为年度五十佳之一了。当然，冈崎律子的风格虽然独特，却不独一。从《纯情房客俏房东》的《はじまりはここから（从现在开始）》或者《圆盘皇女～十二月的夜月协奏曲～》的《めぐり逢い（命运的邂逅）》中，我们都能感受到冈崎律子多元的创作力。

喜欢听冈崎律子写的歌，更喜欢听冈崎律子唱的歌。冈崎律子的声音有着一种特别的磁性，同时带有轻微的鼻腔，加上那圆润的发音，给人一种像童声一样甜美，却又充满了岁月沧桑的感觉。听似矛盾的特点糅合在一起，却形成了无法抵挡的魅力。有着这样的歌喉，冈崎律子唱起像《シンシア・爱する人》一样忧伤的歌曲总让人潸然泪下，而所唱像《约束》那样空悠的曲子却让人不得不产生淡淡的忧郁……当然，冈崎律子的感染力并不止于此，她唱快乐的歌曲同样能给人带来鼓舞的喜悦。在《纯情房客俏房东》无数的歌曲中，我最喜欢的是只在《Girls Song Best》专辑中特别附赠的冈崎律子原唱《はじまりはここから》，我觉得它比林原めぐみ在TV最终所演唱的版本更让人心动。

喜欢听冈崎律子写的歌，喜欢听冈崎律子唱的歌，自然也喜欢冈崎律子本人。每次到冈崎律子的个人网站看到她自己写下的生活点滴，都能感受到她对生活与工作的热爱。而了解她最新的工作进度，到 Fans 的论坛和同好一起分享对她作品的感受，也总是让人乐此不疲。

能知道冈崎律子实在是一件非常幸运的事，从那时候开始，我便一直追逐着她，享受她的作品带给我的感动。本以为这样的日子还会长久的持续下去，然而，突然之间，一切便这样一去不返。2005 年 5 月 5 日下午一点五分，冈崎律子在东京都中央区的病院中死于败血症，享年仅仅 44 岁……

证实了这个消息，我的大脑中一片混乱，一个人呆在了电脑面前……眼睛有些刺痛，虽然没有流泪，但胸口……却仿佛压上了千斤大石……

这消息来得实在太突然，突然得让人无法接受。从来就没有听说冈崎律子小姐的身体有什么问题，怎么突然就走了呢？而且她的工作已经排到年尾，新专辑的出版也确定是六月份了……这样的一个人，怎么可能说离开就离开呢？

无数的 Fans 都为冈崎律子写下了遗憾与祝福，叹惜这位才女过早地离去……

然而，一个人，到底要什么时候才算真正地离去呢？是当生命的意义消失的时候，肉体毁灭的时候，还是没有人再记得他的时候呢？或许有些老套，但我还是不得不说：冈崎律子小姐虽然已经离开了我们，然而她却继续活在了我们的身边。正如诗中说的：

那曾经被吟唱的歌曲，如今已化为了永不褪色的旋律，每当万籁俱静之时，它又在你耳边响起……

ご冥福をお祈りします。

那曾经被吟唱的歌曲，
如今已化为了永不褪色的旋律，
每当万籁俱静之时，
它又在你耳边响起。

水果篮子 Fruit Basket

　　女高中生本田透, 天真、善良、迷糊, 父亲早亡, 被开朗坚强的母亲独立抚养长大, 母亲车祸去世后, 为了不麻烦收养自己的爷爷, 小透在山间过起了 "深林人不知, 明月来相照" 的帐篷生活。宿命的清早迎来宿命的相遇, 古老的宅院中, 小透邂逅奇怪的和服男子草摩紫吴, 学校公认的王子由希原来是紫吴的表弟, 也寄住在这里。天有不测风云, 当晚土石塌方, 小透那顶帐篷知情知趣地塌掉, 无处可去的她在紫吴和由希盛情挽留下住进了这个宅院, 温情满意的生活就要开始了, 不料一个橘子头少年阿夹从天而降, 引出惊天大秘密 ——草摩家族几百年来都被十二生肖附身, 附身者一被异性拥抱便会变成动物, 知道真相的小透很可能会被草摩一族的当家人下令消除记忆, 心地磊落的她一句 "就算我的记忆消除了, 请你还是继续和我做朋友" 感动了由希, 小透作为惟一知道秘密的外人留在草摩家。小透像一缕阳光, 清缓而坚定地照亮了阴雾重重的草摩家族。紫吴、阿夹、由希在小透的温柔善良中慢慢改变着自己的生活。十二生肖中的其他少男少女陆续登场, 有的豪放, 有的忧郁……

纯情房东俏房客

　　《纯情房东俏房客》是在 2000 年末就开始在国内小有名气的一部漫画作品。《Love Hina》的热潮一直烧到了 2001 年的夏天，虽然国内漫友大多对它只有一个大概印象，至于动漫画本身是怎样的并不清楚，但是从"日本动画年度总排行"中可以看出，《Love Hina》作为上榜作品，成绩相当不俗（最佳动画作品奖中排行第六位，最佳 TV 版单话奖中最终话位列第七，男女主角浦岛景太郎、成濑川奈流也分别在最佳男女角色榜上获得了第 12、13 位的好成绩）。

[collect]

东京快报

两年前还在上海念书的时候，很喜欢一家小店，卖的都是店主自己设计的 logo T-SHIRT，我记得都是 70 块的均价。我现在还在穿的是几件 "kiss" 主题的衣服，纯白的 T-SHIRT 上红色的古老工农兵革命形象在接吻，感觉很奇妙。后来我自己又把边角的一点地方弄得好像撕破了一样，加上洗得很多而从白色变成了奶白色，配上那些图，反而很和谐。

一直穿啊穿的，穿到了 Re-Visit TOKYO 出来的时候。

再访东京。我喜欢这个翻译的名字，浓浓的简约气氛和怀旧的旅游衫感觉，完美搭配最 in 的 logo design 和跨领域设计，加上大品牌本身的版型保证……当初一翻开杂志看到登出的大片预售广告，杂志马上就湿掉了……

再访东京。后来才知道，这个概念不只是对着到此一游的人们，而更是对生活在东京的人们，什么叫 "再访"，也许应该更明白地说是一种 "再思考"。东京的生活是忙碌的，每个人的脚步快得甚至不知不觉，被人还是被生活在推着努力向前跑，难得回过头停下来看看，又看到的是什么？

这是东京的问题，也是每个城市人的问题。

再访东京。刚刚打名号的时候是以 "这是东京送给您的礼物" 为宣传卖点的，这一点亲切感，到了今天也没变，于是这样的 "礼物"，怎么能温馨实用，又能给城市的人以思考呢？

设计，果然还是惟一的取景器。说是 15 位潮流人士还是名家，有点怀疑，毕竟我看到了饭岛爱的大名摆在那里就会开始 "思考" 她是哪里的名家，但是这却的确像宣传语所说的，"它们是为在东京的各个领域中出类拔萃的人所设计的原创 T-SHIRT"。

其实 T-SHIRT 真的是一种文化极好的传播方式，它本身是文化，它所涵盖和可以放进它的文化里面的，更是五花八门的 "文化"，T-SHIRT 在我们小的时候也叫 "文化衫"，现在想想，觉得双关语一样的绝妙。

而时至今日，光是打出来 "logo design" 这个招牌，就有一批我这样的人在翘首以待流口水验这杂志了。

更何况最后出来的这些样式，真的很好看啊。延续了纯正口味的意大利式简约，偶尔见到英国式的雅痞或者 bobo，都是至 in 之

文字东京塔

谷中敦
ATSUSHI YANAKA
著名演奏家、诗人

燃烧之东京

小林克也
KATSUYA KOBAYASHI
著名 DJ

摇滚风东京

箭内道彦
MICHIHIKO YANAI
著名广告人

选。好看的设计之余，是足以放心的品牌和质地，又相对平易的价格，那还有什么好犹豫的，我就是不穿，也摆着。

跑题一下：其实这种东西刚开始出来的时候，也就是卖个概念，然后渐渐的概念变成了品牌认证，再在品牌认证下推出新的概念产品，这样的循环是一种良性的商业和个性妥协，也是一个品牌最好的求生之道。而用了 "再访东京" 这个概念，是一种很宽泛而准确的定位。想想觉得很有意思。

延伸开来，这是一个可以被引用和创新的概念，世界那么大，每一个初访再访暂居或久驻的城市，都可以有这样自己的 T-SHIRT 啊，每一年定一个新的主题，请来新的设计者们，甚至可以让民众自己来设计。

测量兴奋度	猫电车	人文字东京风格	东京人与梦	Ryoca! 君	不要车，种树！
饭岛爱	**平间至**	**TERRY JOHNSON**	**赤司龙彦**	SEE GEE GEN	**生意气**
AI IIJIMA	ITARU HIRAMA	著名设计家	TATSUHIKO AKASHI	著名图案设计师	NAMAIKI
著名艺人	著名摄影师		IT 公司社长		著名艺术团体

23 区的树	TOKIO	龙与东京塔	东京人与梦	Ryoca! 君	垮掉的文字
平尾香	**阪崎**	**仓科昌高**	**远山敦**	**柴田大辅**	**浅井麻更子**
KAORI HIRAO	TAKESHI SAKAZAKI	MASATAKA KURASHINA	ATSUSHI TOYAMA	DAISUKE SHIBATA	MARIKO ASAI
著名设计家	著名形象设计师	著名立体造型家	著名设计家	著名电视广告导演	著名图案设计师

Kiccoro

Morizo

去博物馆和展览中心约会啦

:>

text:bonbon

跑题一下：爱知县最出名的还是极品声优啊 ><

　　世界很大，但是真要有心接触，却并不会很遥远。资讯这玩意儿，好像遍地都是，有时候想不知道都不行。

　　于是慢慢地，很多很多人开始喜欢去这些地方约会，看看新鲜的东西，想想漫漫长长又似乎近在咫尺的未来世界，想着想着，就好像又融进了自己的小圈子。

　　男孩女孩常常感兴趣的东西都不同，但是展览是个有趣的地方，它相容的把很多不同变成了和谐，于是争吵很少，不知不觉，大家无意识的体谅，渐渐的融合。和展览的那些科技一样，看起来甜蜜而前景无限。

　　最近最有趣的展览，大概就是爱知国际博览会了。它"以世界为中心，以个人为单位"的把很多很多不同性质不同国家甚至好像就不同时空的技术融入到一个名为"博览"的容器中去，然后巧妙地把它们既独立分离又统一完美着。这样的博览，其实是把"载体"这个概念做到一种极致了。

　　虽然因为规模资金等等限制，不可能每一个展览都办得像爱知这一次一样让人从心里喜欢舍不得走，但是展览这个概念，却无疑在越来越受到重视，并且在悄悄地扩大着版图。以前这个概念是僵死的、是呆板的，在小孩子心中，就是用来叹气的社会活动。但是现在渐渐的情况改变了，这样"社会活动"着长大的孩子，却越来越多地发现了原来什么都可以展览，原来什么形式都可以融入，甚至原来在这个概念里时间和空间都可以是自由的……兴趣来了，年轻人参与并且主导的就越来越多了，渐渐的，展览，变成了潮流的一部分。

　　仓库艺术也好，艺术家村也好，街头潮流也好，从一定意义上说，都带着"展览"的意味。而青年人来做，青年人来看，青年人来宣传，似乎是越来越主流的办展览的形式，每每看到情侣们小孩子们爸爸妈妈们那些所谓潮流人士们被一个个"展览"所迷住的时候，我觉得他们组成的这幅情景，也许比展览本身更加迷人……

　　ps: 爱知国际博览会的网址：
　　http://www-1.expo2005.or.jp/cn

idog 搞不好就快活了 ><

有时候真是不能想象 idog 以后会变成什么样子，从一开始的平面小偶像，变成快成另一个无印良品，我就在等着它的新花头，却没想到等来高精尖机器 idog 狗狗。

炫就一个字，我要说无数次。

POO-CHI 出来的时候，我还没迷上 idog，那时候只是觉得用"充满着感情的机器宠物"来宣传有点好笑，但是今年四月开始发售的这一款 idog，是真的会感情会陪我会让我感动的科技力量了。

简单来说，它是个陪在我身边一起听音乐顺便做些"小动作"的机器狗狗播放器。它可以听得懂音乐，并且还能用很多动作或者声音来表现对音乐，呃，或者是对我的感情（据说有 250 种动作、叫声和表情），而且真的会伴随着音乐"起舞"噢，借着那些节能灯，面部可以做出很多种表情，而且听高兴了还会左右摇摆身子和尾巴，而且它自己会作曲呢，可以做好多好多风格别致的小调，可爱到死。

它的左右脚那里还可以连音响，听摇滚很带劲。它摇得比我还猛。

它呢，也拥有一般机器娃娃的那些功能，摸它点它握握手，都会有各种反应。

日元售价是 4179 日元。人民币的话差不多是三百多块吧，邮费我记得是六十多，加起来也没多少。目前据说是限量 50 万台。接受国际邮购。

http://www.idog-segatoys.com/

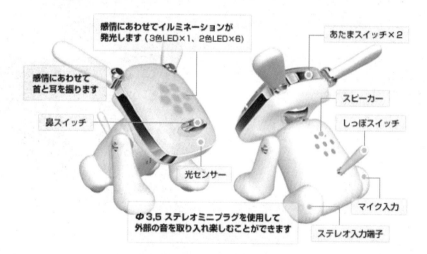

idogの各箇所の機能について

感情にあわせてイルミネーションが発光します（3色LED×1、2色LED×6）

あたまスイッチ×2

感情にあわせて首と耳を振ります

スピーカー

鼻スイッチ

しっぽスイッチ

光センサー

Φ3.5 ステレオミニプラグを使用して外部の音を取り入れ楽しむことができます

マイク入力

ステレオ入力端子

idog

跑题一下：《国光帮帮忙》嘉宾是佼佼的那一期，他们就送了佼佼一只这个，佼佼开心得那表情就跟这只狗狗一模一样 :P

五月天五月天五月天 ><

明基　我算你厉害 ><

　　对明基有印象是从郑小综同学的爱情魔戒和知道明基今年的新款电脑和sony合作用了sony的机芯开始的。问了很多朋友对明基的评价，坚固、耐用，在国产品牌中还算是有着漂亮的评价似乎是一致的印象。但是，一提到手机，就都抽气说，"传，图，那，个，慢！"

　　也罢，手机我现在只用松下的，其他的好不好与我何干。

　　一天网上闲逛，不径意间轻巧转到明基主页，明晃晃的小字在显眼的地方鲜艳着"五月天专区"，打开，眼睛一亮，狼嚎。

　　啊啊啊～好～漂亮～好～便宜～哦～

　　><

　　目前的主打产品是两个，拿下。体验过后，爱不释手。

　　不是说没缺点，但作为两款国产出身的东西，实在是可圈可点。

Joybee230　五月天限量版

　　在ipod泛滥的现在，难得见到一个不跟风还有特色的国产mp3，很赞的是一眼看上去它的质感坚硬，内在的品质却贴心，有着人情的温暖。黑底红色的mayday卡通形象炫到不行不行了，让我想起前几年滚石给五月天做的全黑系列周边。这样的设计，在老fans眼里，有怀旧的湿润，在新友的眼中，有新鲜的惊艳。设想周到，又是一妙。

　　一直都觉得，作为科技产品，高精的含量多寡其实不是最重要的，一个产品是否成功，最重要的体现应该在它的产品定位上。定位准确了，才是得到达人青睐的基础。就像我一直半开玩笑地说，诺基亚就应该打出"专为中老年人设计"，绝对好卖。

　　回正题，一个定位准确与否，体现在任何一个细小的方面。Joybee230的外在没话说，像个名片夹的细长，金属的光感，坚固耐用的骨肢，都有着优雅的古意和现代的简约潮流。就算不是mayday限量，它其他颜色也有着各式的鲜艳张扬以及适当的成熟收敛，好看。而说到内在品质呢，嗯，是我用过的国内品牌最好的几款之一，金刚镀膜的屏幕一旦启动亮起，就快，狠，准。精巧的设计体现在内里的每一方面，涵盖好几种常用歌曲格式，运行很快，音质极好，512的闪存也还算标准规格……最重要的是，当它亮起来的时候，真的很像特工电影里那种小玩意儿们，感觉帅得像自欺欺人的角色扮演 :P

　　虽然不能跟ipod系列比，但是我实在觉得ipod已经烂大街了，我宁愿这样存满了然后伤脑筋怎么删来换去，也不要去用那个满大街都在用的攀比工具。

　　另外，最重要的一点是，它真的便宜啊。限量版才1688，不是限量版的价钱就更灿烂了。

　　Ps:不过有件事我不太满，说明了是全国"限量300台"的玩意儿，结果我朋友里就五个在用的，而且现在还一样能买得到。

　　对于还没买且打算买的人来说，倒是个好消息。

BenQ Qube

相对于这个 MP3，如果荷包充足，其实我更推荐另一个玩物。BenQ Qube（五月天限量版含256M卡）

这个真的是强悍的东东了。

它有个很贴切的中文名字，"潘多拉魔盒"。真的差不多了，它集MP3、手机、FM、数码相机、游戏机于一体，而且和ipod photo一样，是真的彩屏mp3。我把它的资料抄在这里，好不好，如人饮水吧。

• 集 MP3、手机、FM、数码相机、游戏机于一体
• 随意更换彩壳
第一款带通话功能的真彩屏 MP3
含256MminiSD卡，内存可扩展至1G
支持MP3/AAC播放格式 3D环绕效果
标准配置：电池、充电器、驱动软件CD、数据线、手机、白色彩壳、线控耳机

* 送绿色彩壳，电池，座冲礼包
* 送五月天限量包（五月天五个成员小挂坠\限量纪念彩壳\五月天CD）
* 送一月万首 MP3 铃声免费无线下载
* 送五月天 T恤

就算不是限量版，功能也很齐全，而且可贵的是它的力量比较均匀地分布在每一种功能上，除了游戏弱一点以外，基本上其他几个功能都很好用，和上一个一样，我喜欢用快狠准来形容。

价钱方面，其实真的不算贵，集合了这些功能的机子，就三千出头的价位，算是性价比良好了。

鉴于国产品牌只要一大杂烩了就变得不是很好用这一点，我本来对这款机子是观望态度的，但是！看看五月天的海报！看看那方方正正黑黑亮亮酷到了可爱的外型，不动心就不太可能了……

明基给五月天设定的代言形象有很in的感觉。给我的感觉是一种随意的，轻松而平易的生活态度，永远积极生活一直向上进取。这符合明基的身份和市场形象，也符合五月天的一贯感觉。色差很大如纯净的色彩，构建出我最开始以为是打印机的漂亮海报。值得一偷或一撕的 :P

跑题一下：我一直很难过的是我们国家根本没有一种"限量"文化。这实在是一大缺失。限量这个词的迷人不在于价钱或者噱头，而是在它可以勾引出的一种近乎或根本就是狂热的态度，那种态度才是决定一切的根本。不惜去排队，不惜去供着，不惜去做些什么，还是值得为它去做些什么。这种观念里有孩童似的纯真和虔诚而单纯的兴奋，这才是真正炫人的地方。之后，才是"世界上仅仅有多少"而带来的小小或极端得意。常常在东京街头看见拥有限量宝贝的人们轻快的脚步，看着穿着用那些东西时眼里掩藏不住的开心和小心翼翼，那种神情，很可爱，很微妙。而中国这方面文化的缺失，却在囫囵吞枣的潮流追捧中形成了一种莫名的扭曲，难得有几个所谓限量版的东西，却不管买的卖的人，都怀着不可知的心理羊头下把狗肉叫牛肉。好像"拥有"才是最重要的意义，而"拥有"的过程，却没有什么人去真正"拥有"过，我不懂，这样的"拥有"，真的能得到"限量"带来的那种无限快乐吗？

所谓手机读书时代

这个现象已经迷倒很多学生和研究者了，所谓手机读书时代。

手机的运用范围之广，似乎是逐月在扩大的。而手机读书，是继PDA和阅读器之后这个领域的又一大开发。

其实说起来很简单，就是用手机读书嘛。但是概念概念，创意创意，却个个不同。有种是把书面出版的书籍变成了手机传送阅读的书籍，在东京的很多书店里，这种服务已经很完善了，他们和电信方面的公司合作，向手机用户收取合理的价钱，然后把畅销书按段发送。这样就可以把"断货"这个让人牙痒痒的词跟踢出视线了。另一方面，专门为了手机而写的小说也叫"手机阅读"，相比上一种形式，这个的确更加是应运而生的了。

PDA和阅读器都没有最后在阅读形式中成为一种主流形式，手机读书目前的发展形势看起来虽然还好，但是就不知道下一步会变成什么样子了。

DIY punk 破牛仔裤

迷上破牛仔裤，是迷上黄义达的赠品之一。

以前从来不觉得很好玩，因为不好配，因为觉得配punk一点的衣服才最好看，结果难得克服心理障碍大吃几顿以后就更是越看越觉得不好配……但是现在，怎么看怎么觉得好看。

于是问题接着就来了，这种牛仔裤本来就是一个个性的东西，在店里挑挑拣拣买一样的就失了一些乐趣。另一方面，说句实话，虽然卖这种破牛仔裤的几乎都是大厂牌，但是还是常常都会觉得好像很多种都很像，而且不小心看多了，有的还觉得很俗气，甚至廉价。

怒了。自己做。

曾经被损友指点，"你就拿把剪刀剪一剪，然后洗几次就好了。"

"怎么洗？"

"机洗。"

事实证明，相信她的我是笨蛋。

再怒。好好去讨教。

Miss sixty 的店常常很神奇，那里的姐姐触类旁通，我只是小心状似的不经意地问了一句，"我想要把这条裤子剪成那种破破的牛仔裤，怎么做好呢？"跟着我的姐姐就一拍手，哇啦哇啦讲出一大段经验来。

"那我买了裤子以后你教我怎么做好吗？"

她点点头，我松口气。试衣镜上，我们俩的脸上都闪烁着自己得了多大便宜的笑容。

买了 miss sixty 有几分像是 levi' s510 的疤痕牛仔裤，开始做。

首先得到的经验是，绝对不要机洗。因为会"洗秃"的。这种裤子最用板刷洗比较好，顺着条纹洗。据说"两三年内，越洗越好看"。

第二点，最开始的时候要穿在身上然后用砂纸打磨要准备弄破的地方，才是最有保证的方法。因为本人喜好黄义达的关系，我比较着迷在膝盖上弄出大口子，而且地方再说，所以我坐在椅子上，和那位姐姐一人一张砂纸，开始玩命磨腿上的裤子。那样子看起来可能像受刑，还是自虐啊……

磨出一点点破以后，就把裤子脱下来，放在平的地方用力顺着纹理搓，很快就会磨破了，而且越来越破。等到了自己满意的长度和宽度以后，上下拉扯磨边。就会出现很多要断不断或者根本就断了的那些粗线，看起来就像是被扯破的了。这样就会很漂亮的。

其他的地方想要弄破的，都如此法。

哦，对了，如果和我一样喜欢最破的地方在膝盖，坐下来可以几乎露出膝盖的话，有件事还是说明一下比较好，就是用线把那些可能会因为力来回动作而渐渐断开得更多的地方，用线把在两边边角缝一个边，用和裤子相近的颜色就好了。缝一下的目的是保证它不会"脱落"到了超出想要的程度。

完成的裤子很好看哦，穿起来很赞，而且和所有的DIY一样，超有成就感。

照镜子的我，越看越开心，脸上洋溢着小手工业者劳动过后的淳朴喜悦。

出去秀的时候，还被杂志社询问拍照。心情超好。

她的包

我总是买很大的包。因为我是个丢三落四的人。把要用的东西全放进去，这样会比较有

安全感。

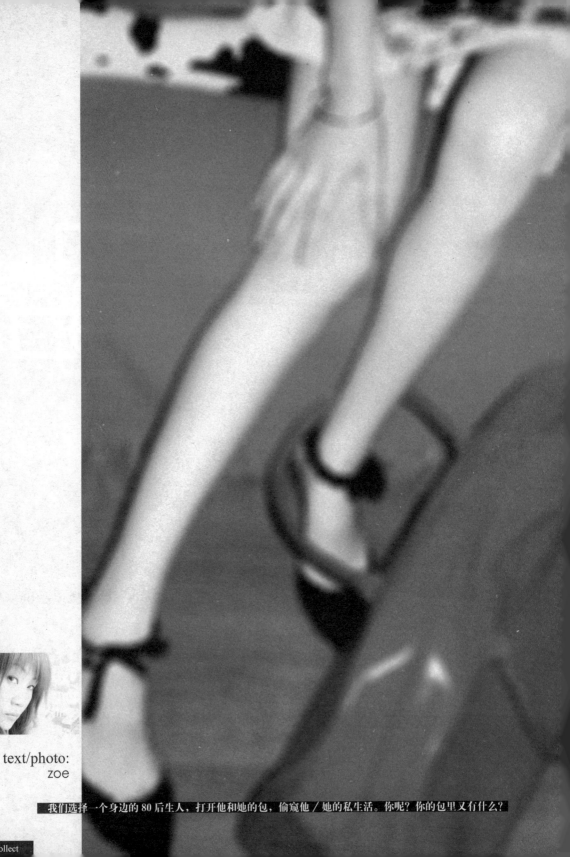

text/photo:
zoe

我们选择一个身边的 80 后生人，打开他和她的包，偷窥他／她的私生活。你呢？你的包里又有什么？

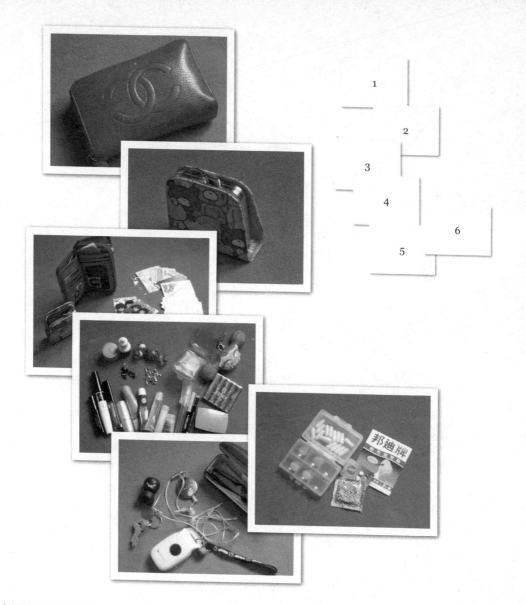

1. 皮夹是对我来说非常重要的物品之一，虽然我常习惯把钱乱乱地塞在口袋里（这样用起来比较方便嘛）。

2. 零钱包是 pp 买给我的。她那天很"慈祥"地来帮我打扫我的"狗窝"，当她一边叹气，一边从我的床、沙发、桌子底下扫出 N 多硬币后，她决心要帮助我养成节约的好习惯。果然如今我的地上要拣到硬币就不如以前那么容易了。

3. 我的皮夹容量很大。各种各样的卡，别人的名片，还有我和好朋友的大头贴都可以往里面塞，我和好朋友隔一段时间就会去拍一套，以前我总是不舍得贴它们，好好地收藏起来，后来时间长了才发现已经忘记放在哪里了。现在每拍一套我就收在皮夹里面。无聊的时候可以

拿出来自我陶醉一番。其实拿个 ESPRIT 的红色金属盒子，原本的功能不是笔盒，是去年圣诞节男朋友送的手链的包装盒，因为觉得很漂亮，所以就"废物利用"了。

4. 女孩子都爱美，我也不例外，所以化妆是非常重要的，化妆包一定不可以少，平时时不时地跑到洗手间去补个妆是必要的。因为不太化浓妆，所以买了很多唇彩换着用，还有睫毛膏也是重要的武器之一。平时还带着小瓶的乳液和皂式洗面奶，当皮肤觉得脏的时候可以清洁和补水。

5. 手机和钥匙体积太小，所以我给他们挂上了 CIBOYS，这样在乱乱的包里比较容易找到。黑色的 CIBOYS 已经残废了，断了两条胳

膊，包里的东西太多，整天摩擦着，"交通事故"发生也是难免的。

6.1 妈妈总是担心我不在她身边生活会营养不足，所以给我买了各种各样的维生素。放在药盒里，就不容易忘记吃。6.2 我随身都带着创可贴，不是因为我特别容易摔倒。而是我到现在还是无法习惯穿高跟鞋，走着走着脚后跟就会被磨破，所以贴上创可贴可以减少磨擦。6.3 避孕套，事后避孕药，虽然用的机会比较少，但是"有备无患"是个人坚持的原则。如果真的碰到要"嘿休嘿休"的情况，女孩子从包里拿出一个避孕套会让男生觉得很唐突。可是为了自己的健康，还是不得不硬着头皮这样做。谁让大多男生不懂得如何保护女生呢。

[3p]

林绿绿特辑

题记

　　从出版第一部长篇到策划出版《捌零志》，两年过去了，见识过的人，有的名满天下也有的寂寂无名，有的善良热诚也有的处心积虑，网络上的交际圈子可谓鱼龙混杂。很多人走过，停留，离开，再聚，或面目全非形同陌路反目成仇，或萍水相逢哈哈而过，或心存想念却刻意保持距离，或者一见如故再见贪欢最后却成刻骨铭伤。

　　她是我在网络上最早相谈的几个人之一，她是我至今接触过的人里写作天赋最高的之一，如果可以我会把"之一"去掉。偶尔我甚至会嫉妒她的才能，就好像阿飞说"天才给一个人不给一个人，想来都是天定的"。

　　两年多，我看着她早熟的才能好像顽强的藤植从贫瘠的资源里一点点破土而出，生长，蔓延，看着她的情绪在冰淇淋、橙子、马戏团、小丑、绿色的耳环之间如同秋千般在少年期的岁月里不乏忧愁和焦虑地晃动。在她的文字迷宫里，终年书写着宿命里的哀伤，骨子里的悲凉，清高的梦想，掺杂着血缘里的难以抑止的羞耻和痛恨，她还无法游刃有余去表达，却已然能让人惊讶。面子上的轻松，淡漠的仿佛不在意，胳膊上套着的艳丽的手镯和晃荡在白嫩指尖上的戒指，貌似一场粉红作秀，你若能体会，便能轻易看到埋藏在身后的染血的绑带，一面自虐，一面享受，幼兽似地舔舐自己伤口的残忍。

　　我并非不曾了解这种心态和自我折磨的情绪，曾几何时，我们也相互诉说烦恼，我并不把她当做小姑娘，并不看轻她文字里的幼稚和故作姿态，因为懂得。我曾经多次向杂志等推荐过她的文字，也曾托朋友（经济学硕士LM，有点搞笑……）在那个北方小城带话给她望能给她一点微薄的肯定。

　　各人有各人的眼前世界奔忙，联系亦少，我却一直有淡淡的关注心，似乎她也开始慢慢下定自己给自己带来保障的决心？自然，所谓成长，随之而来的是种种世俗的功利气味和刻意经营，些许惋惜但又无奈。你无法要求一种纯粹的文字凭空成熟。洁白如莲，亦由污泥而发，此路绝不缺少艰辛，只能默然念祷片许祝福。

1.

双亲双爱

我又要开始说故事了，在开始以前我坐在红色靠背椅里，从床上掀起一条小毯子盖在腿上，踢掉棉布拖鞋，我没有穿袜子直接用脚拇指摁开电脑主机。显示器亮了一下，我拿起小刀削苹果、一边等待开机。这是我的习惯，小毯子、苹果都是我打字时候必不可少的工具，如果是冬天那么还有露指头的半截手套和围巾。我本来就是一个墨守成规的人，比方说现在已经是三月，春暖花开，可我还是傻傻地习惯穿棉布拖鞋，另外我还是一个写字的女孩，我杜撰一个又一个故事，从破旧不堪的马戏团到浩瀚无边的绿海，我用自己的想像和文字建造出一个华丽的宫殿，身陷其中流连忘返，这一切让我愈发的迟钝起来。

今天的这个故事不同于往常，因为我要讲的是我的故事，我和九朵的故事，它是真实的。我想把这个故事说给九朵听，像小时候那样我们搬着小马扎坐在院子里，她手托下巴全神贯注地听我说。可是现在九朵不在，我抬头看表，时针在八跟九之间徘徊着，如果没错的话，九朵应该在苏打绿，这个时候的酒吧刚刚开始苏醒，在夜色里睁开了眼睛。九朵穿上了短裙和皮靴，裹一件白色的半大外套，她的蓝色眼影闪闪发亮，唇膏没有丝毫褪色，红艳艳的。她在等待一整个晚上的狂欢，而这一切注定我只能和平时一样，一个人对着电脑空白的WORD倾诉，我叹了口气，那么好吧一切即将开始。

也许应该先说说我们的名字。她叫九朵，这个你已经知道，我叫末七。也许是因为两个人名字里都带着数字的原因，我和九朵从小就相处得特别好。我们俩一起上学、回家、在院子里的石桌椅上写作业，槐树下跳皮筋。从我五岁那年夏天和爸爸搬到了葵巷的大院以后，一直到现在十几年过去了，我们俩从来没有分开过。

时针在八跟九之间徘徊着，如果没错的话，九朵应该在苏打绿……

2.

九朵长得很漂亮，尖下巴，小嘴巴，一双大眼睛忽闪忽闪的别提有多迷人，总让我不由自主地想起我妈妈，因为她和九朵一样的漂亮，她们好像是幅赏心悦目的画。不过我妈妈提前变成了画，我见到的她永远都在桌上的暗银色镜框里微笑，她死于难产，直接印证了"红颜薄命"这句话。

我和九朵的名字里都带数字，这在当时是不多见的，因为那个时候孩子们多数都叫"惠惠""晶晶"之类的重叠名。不仅如此，更有意思的是我们还都喜欢拿臭豆腐拌着八宝粥吃，甚至连我们生日的数字都一致，九朵是85年3月18日，我是85年8月31日。不过我们也有相差千里的地方，比如九朵是那样的漂亮，而我却平凡得走在哪里都不会有人注意；九朵的成绩优秀，会拉小提琴，而我每次考试都是勉强及格，没有任何特长。我曾经把这一切归结到"七"和"九"本身的差异，恨不得自己和九朵马上调换名字。

从小学开始，每到学期末九朵都会领红花、奖状之类的东西，她一直都是受人欢迎的，但是除

photo:phxl

了她妈妈，不知道为什么每次九朵妈妈看见九朵都是那种不耐烦的神情。我暗自猜想那是因为九朵是女孩，她们家没有男孩的原因。我喜欢给九朵讲故事，夏天在院子里乘凉或者是无人的午后，我和九朵坐在院子里我给她讲《小红帽》之类的童话故事。我们坐的小马扎是九朵爸爸亲手扎的，他用几根木头棒子和结实的尼龙绳分别做了两个送给我和九朵。我很羡慕九朵，因为我爸爸从来也没有送给我过礼物，他总是忙，很忙很忙，白天晚上都见不到面，他对我说他要负责整个厂子的事情。他是个好厂长，但不是好家长。

墙上的钟已经准确地走到了数字10，九朵现在一定在苏打绿舞台上黯淡的灯光里闭上了眼睛，安静歌唱。我忘记说九朵现在是酒吧歌手，虽然她还是重点院校的大二学生，不过她已经很久没有去上课了。她晚上去酒吧唱歌，白天在家里睡觉，和我日夜颠倒的作息制度完全一致。不过就算这样，她也比我强，我甚至没有上大学，就这么在家里天天待着写小说。

现在我们来说说大维吧。大维是九朵的男人，九朵习惯这么说，我想这代表她很爱他。大维本来

一直出现在九朵嘴巴里，九朵告诉我几乎所有关于他和他们之间的事情。比如九朵跟我说：今天我和大维去看电影了。我问她看了什么，她说我忘记了，反正是个老电影，一点意思也没有。这么多年没有去电影院我开始都不习惯了。九朵带着些许抱怨地向我撒娇：周围黑得要命，又闷又热，后来大维把头凑过来，我就让他吻了，嘿嘿。她说完，一下子跳到床上，把拖鞋"吧嗒"一下扔在地板上。

就是去年夏天的那个时候，九朵认识了大维，然后他们顺其自然地相爱。九朵半夜从酒吧回来后会把大维给她打包好的香喷喷的炸臭豆腐拿给我分享；他们两个人彻夜煲电话粥或者九朵挤在我床上给我仔细讲大维。爱情的芬芳在空气里四处蔓延。

九朵拉我去苏打绿的时候，我根本不愿意。不知道为什么我本能地抗拒着诸如街道、人群这些地方，我只喜欢躲在家里，如同阴暗角落里的鼠类，不喜阳光，恐惧喧闹，所以更不要说是酒吧的灯红酒绿。若是一定要追究原因的话，我想那或者是我骨子里不可抑制的自卑感在作祟吧。

那段时间我过得很不顺，不知道为什么我和九朵有着完全相同的爱好，境遇却总是天壤之别。我的稿子开始被编辑连连枪毙，到了第三次的时候我终于爆发，摔碎了桌子上的鱼缸，看两条欢快畅游的金鱼转眼间在地板上垂死挣扎，心里涌起一阵快意。事实上我不仅愤怒，并且心慌，因为稿费承担着我们的水费，电费，煤气费，电话费……我已经快两年没有伸手向父亲要钱了。从九朵开始上大学的那天起，我就和她一起搬到了城西的这间小出租屋。九朵是因为学校和家分别在城市的东西边缘，租房的理由合情合理，而我的原因却难以启齿。

那天九朵让我去见大维，我拒绝了，然后她就站在门边，两只眼睛死盯着我，不说话。九朵从小就是这样，以前我见过九朵妈妈打她，她就是那样的一脸倔强。我坐在电脑前打字，感到自己背后炙热的目光如火烧，心慌意乱打了几行字，站起来叹气对她妥协，我说我去。九朵上来紧紧地拥抱了我一下，她说：这样就对了，再忙也得抽时间来看看我的男人啊。

我们就去了九朵唱歌的酒吧，也看见了大维。

大维是个吉他手，头发挺长的看不清楚脸，我只知道他的手指很漂亮，修长修长的。我坐在吧台旁边喝着橘子水欣赏九朵和大维演出，他们配合得很默契，他们确实是天生的一对。凌晨的时候我们从酒吧出来在路边的小饭馆里吃拉面，吃完以后大维给我和九朵叫了辆车回家然后也就散了。

本来我以为自己以后和大维没什么关系了。我甚至天真地想要是我们再见面的话，那么一定是在几年后西装笔挺的大维和披白纱的九朵的婚礼上，可是谁又能保证他们会走那么远呢，对不对？

爱情，说到底还是不可信。

3.

也许是看我的生活太无聊，九朵开始推我出去和大维约会。她说，去去去，别整天闷在家里，和大维出去逛逛也好，我最近忙着考试，没有时间陪他，你们两个人就先做伴好了。知道你的小说怎么总也写不好么，末七你该恋爱了⋯⋯我和她开玩笑：九朵，你就不怕我抢走大维么？她笑：好啊，我才不稀罕他呢。再说我的就是你的，有什么可害怕的。

我笑了笑，没说话。

有事没事的时候，我和大维常常出去在外面逛荡。我们去喝百八十块钱一杯的咖啡，也去路边摊上吃烧烤，大维带我去看电影、爬山。城市北边的山顶，大风呼啸而来，他大声问我：末七，为什么你不回家，要和九朵一起租房子呢？我没有说话，我知道爸爸的权力现在越来越大了，他多年来苦心经营的事业有了飞速的发展。我说我想上大学，他一张条子就能把我送进九朵所在的一类大学；我回家可以住豪华宽敞的房子，天天开着空调，没有蚊子，不用担心下个月的生活费；我还有一个挂名母亲会对我毕恭毕敬，这来自岚多年来形成的习惯，因为自打我五岁那年起她就是我的保姆了。由保姆一步登天当上局长夫人，她一定欣喜万分。好像我爸爸手里有了权力以后也就忘记了和妈妈的爱情，娶了年轻漂亮的岚。

大维说，我一直觉得你和九朵是不一样的。

我对他笑了一下：有什么不一样呢。想了想又补充，确实，我没有九朵漂亮，也没有九朵优秀，我们的确是不同的两种人。

他叹气，你知道我不是这个意思。

我没有说话，在大维的拥抱里听他有节奏的心跳声，阳光明亮得让我睁不开眼。

清晨阳光洒满房间的时候，我捡起地上的衣服开始往身上套，我的T恤，牛仔裤。要知道我永远没有九朵层层叠叠的雪纺裙子，我从来没有这样早睡早起过，我也没有想过自己能够抢走九朵的爱人。大维从梦中醒来，他揉揉眼睛问我：我们什么时候和九朵说？

我避而不答，站起来看着他，停了很久才说：我要走了。然后转身，大维伸手拉我的胳膊，我用力甩开他。

4.

我知道瞒是瞒不住的，九朵终归是要知道事情的真相，只是我没有想过这么快。我回去的时候，九朵在听电话，她坐在床边，睡裙皱成一团，头发乱乱地垂下来，我听见她不停地"嗯嗯"。末了她把手机放在桌上，抬起头对我说：我都知道了。

我都知道了。这句话缓缓从她嘴巴里吐出，再清晰地破碎在空气里。

我站在门边看着她，不说话。

多年来在九朵荣耀的巨大光环里，我已经习惯了沉默。

九朵说：没关系。我不怪你，末七，如果你们相爱，我就退出，没关系的。没关系。她重复道。尔后对我伸出手，我走过去坐在床沿，拥抱她。感觉到凉凉的水迹打湿自己后背，我咬紧嘴唇在心里骂自己。

写到这里的时候，九朵回来了。她把鞋子踢掉，光脚走过来停在我背后，弯腰拥抱我，把脸贴在我脖子上：末七，还写故事呢？

是。我说，九朵，我在写你和我的故事。

她笑笑说，我们之间有什么可写的啊。她说着到沙发上坐下，开始喝水。

我们的桌上总是有一个大白陶瓷茶缸，很大很大，像个水瓢。两个女生共用这个喝水是不讲卫生也不雅观的，可是这是九朵从家里拿来的。她爸爸生前一直用这个缸子喝水，夏天里时常见朵爸爸肩上搭着毛巾，手里端着这个茶缸在院子里看人下象棋。现在这种杯子大概已经绝迹了，杯底还印着一行红色的小字：1988年12月。围成半圆，鲜红已经褪色。

九朵爸爸是在九朵考上大学的那一年去世的，他走的时候不到50岁。在我记忆里他是一个喜欢穿白衬衫、胸前别钢笔的文弱书生，倒也符合他的职业特征，他是一家中学的语文老师。他不爱笑，常年紧缩眉头，忧心忡忡的样子，不过对九朵却是百般疼爱，也只有看见九朵才会展露舒心的微笑。

小说叫什么名字啊。九朵问。

《相亲相爱》。

九朵笑，得了吧。这样还不把人酸死啊，我看………干脆叫《冤家》好了。

九朵喜欢叫冤家这个词，九朵妈妈也喜欢。回家晚了，九朵妈妈会说：小冤家，你到哪里疯去了；做饭的时候，她召唤九朵：冤家把米淘干净去。总之小时候，这个代号几乎是九朵的专利。不知道是不是耳濡目染的缘故，长大了的九朵开始对着人不停"冤家""冤家"的叫着，不过这含义和九朵妈妈的相差千里。每次九朵对我说起大维的时候都是一脸幸福，嘴巴里甜甜地嚷着"这个冤家如何如何"，我和九朵夏天在炎热的出租房里抢棒冰抢西瓜甚至争抢洗澡优先权的时候，九朵对我也是一口一个"冤家"，毫不留情。

九朵一向口是心非我是知道的可是我又忘记了。

《相亲相爱》真是个俗气的名字，末七。你现在说故事的水平越来越糟糕，我都没有兴趣听了。九朵毫不客气地批评。

我笑了，没有反驳。她就是这样，有时候会突然的尖锐，言辞犀利，情绪激动；有些时候却又郁郁寡欢。她爸爸去世以后，九朵开始变得神经质，忧郁。

我也有一个故事，我一直想把它写出来，可是我的表达能力不如你，所以我想不如你替我写出来吧。

我吃惊的问：是关于大维的么。

九朵点点头，又摇头。她说不完全是，那也是关于我们的故事，关于一些我不知道的事。她把它们完整地记录在自己的日记里了，她说愿意拿出来给我看。

5.

现在，那个黑色封面的日记本正静静躺在桌子上，但是我还不想把它打开。我还想说说大维，因为那也是一些不为人知的秘密，我决定用它们作为打开九朵内心世界的钥匙。仿佛是一种交易，就好像小的时候我时常用奶糖换九朵的数学题答案一样，它们应该是这样公平合理的。

我对大维的感情不是难以抗拒、无法自拔的那种，在我们之间最初交往的过程中我就有预感，我想我很容易辨认一个人的感情，包括自己。大维身边到处是声若莺啼、曲线曼妙的女子，她们会歌唱、手舞足蹈的表达喜悦，会擦高档香水和口红讨人欢心也懂得适度撒娇惹人怜爱，而我只是个寡言少语、素面布衣的女子。我和他周围所有女子的明显不同，让他一开始就对我怀有巨大的好奇，并且迫切地想要主动接近。我答应大维的邀请，并非我爱他，而是为着九朵。我对大维也有好奇，但这种好奇来自与我对九朵身边的任何东西怀有的普遍好奇及渴望拥有。白天家里无人的时候，我会打开橱柜，拿出九朵的雪纺裙子试穿，对着镜子欣赏。时隔多年，我还清楚地记得自己小时候的愿望：我想要变成九朵……

你可以说是羡慕或者嫉妒吧，反正原因总是逃不过这两者，我开始接近大维，甚至是有意无意讨得他关注，然后大维爱上了我。我没有想过自己要去爱他，不过在和他分开的时候，我感到自己的心在哗啦哗啦地失血，痛楚那样清晰。

我在楼下的电话亭里，告诉他：我们不要再见面了。

大维沉默，然后他说：你都知道了？你想清楚了？

我想大维一定是在我回家的路上打电话给九朵摊牌，我肯定地回答他说：是。然后挂上了电话。

九朵不要的东西，我也不能再要。

我们不会为了一个男人闹翻的，我对自己说。因为我们相亲，相爱。

后来，大维从我们的生活里面消失了，仿佛从来没有出现过一样。我和九朵还在同一个屋檐下相互依偎，一切好像都没有变，只是某些时候我强烈想念一个人忧郁的表情、落寞的琴声和修长的手指。

我发现自己爱上大维是在我们分开以后，此后生活继续在文字的积累中和时光的消磨里缓慢前行。

回忆渐行渐远，关于大维，已是往事，再无后话。

6.

现在让我来看九朵的日记吧，倾吐完内心压抑的秘密让我感觉轻松。在我开始看九朵日记的时候，已经距故事的开头有近一个星期之久。九朵把日记交给我之后，一直没有再回来，也许她忙着奔波于各个舞厅酒吧之间赶场，也许她不习惯袒露自己的真情实感，把它们晾晒在阳光里或者赤裸在我面前都让她感觉羞愧。好吧，不管这些，我要开始念九朵的日记了。

2002．6．12

今天我带末七去苏打绿见大维，末七不知道这是我精心策划的阴谋。我的计划是这样的：带末七和大维认识，然后想办法让她爱上大维，最后当末七真正爱上大维的时候，再让大维狠狠地甩掉她。

为了这个计划我给了大维3000块钱。

2002．6．18

末七不知道我的别有居心，我告诉她最近要忙着应付期末考试，让她代我去看着大维。我说我要防范大维"红杏出墙"，末七听了笑个不停。

2002．6．22

我让末七帮我去给大维送去300块钱，顺便在路上买他喜欢吃的麻辣鸡翅，末七满口答应。

2002．7．1

七月让我不得不想起末七来。我趴在床上喝水，末七的背影在微明的天光里让人想起"细脚伶仃"这个词，她总是那么瘦，她父亲却是一如既往的富态，我在想到底是否应该把对她父亲的仇视转加到末七身上去。

我所知道的真相来自父亲临终前痛苦的表情和颤抖的嘴。

我的母亲就是末七家堂屋里桌上银像框里的那个女人。她非常美丽，也正是这种超乎常人的美丽害了她，她短暂的一生都在爱与不爱的矛盾里挣扎，直至死去。

母亲和父亲是大院里一起玩耍长大的孩子，儿时的友谊在时间中慢慢转变为另一种情感，他们彼此都渴望有这样的一刻：他牵她手，掀起她的红盖头，然后从此两人执手相伴，直至白头。但美好的想像还是在残酷现实里四分五裂了，外婆不同意母亲嫁给一个穷教书匠，她应允了在工厂上班的末七父亲的提亲，这在外婆看来是摆脱贫困的最好捷径。母亲的哭闹均无济于事，在与父亲的最后一次会面她交出了自己的贞洁，完成了由女孩到女人的蜕变。后来她放弃了反抗，顺从地嫁给了末七的父亲，外婆也如愿以偿地搬离了象征贫穷、破旧的大杂院……

再以后母亲生下了我，并且托人把我带给父亲抚养。我想末七的爸爸应该是知道真相的，否则他不会重新搬到大杂院去，他一定是想让我父亲痛苦，这简直是一定的。我憎恨他，他不仅毁坏了一段美好的爱情，而且也是间接谋杀我母亲生命的刽子手，可以想像，在那个年代一个婚前失身的女人在自己丈夫和家庭里的卑微地位……我母亲的死必然和这些原因密不可分！

我不知道自己还能说些什么，我只是感到深切的悲哀，为父亲也为母亲。

2002. 7. 9

我跟自己说：不能心慈手软，记住末七是我的仇人，冤家。我要报复，让她爸爸也知道心痛的滋味。

2002. 7. 16

末七和大维的感情似乎日渐浓烈，一切尽在掌握之中。

2002. 7. 24

大维反悔，跑来把3000块钱还给我，他告诉我他爱上了末七。我绝对不允许！我威胁他：如果你现在退出的话，我就把真相告诉末七，你看她会不会原谅你。

大维低下头，不再说话了，停了好一会儿他才走。

我没有告诉他，即使不把真相揭穿，末七也不会和他在一起。我看着大维的背影，冷冷地笑了。

2002. 7. 24

末七清晨回来的时候我在打电话，听了一会儿，我放下手机对她说：我都知道了。

我说：没关系。我不怪你，末七，如果你们相爱，我就退出，没关系的。

末七走过来拥抱我，她没有说话，可是我知道她和大维之间的爱情已经被我摧毁了。我不要的东西，她也不会要的，从来我们不会争抢一样东西，因为我们相亲相爱。

只是此时此地，提起"相亲相爱"我觉得无比残忍，怎么我们连仇恨也要隐匿在虚伪的面具之下。打着爱的名义出来伤害彼此，我觉得自己很可耻，我的眼泪落下来。

我没有再看，我看不下去了，我直接翻到日记本的最后一页，那上面有九朵写给我的一封信。

末七：

日记你看完了吧，如果没有的话，请先看。

这一年来我一直生活在对你父亲的怨恨之中，而对你我则是又爱又恨。我想爱你，可是我做不到；想憎恨你，但是也做不到，也许对于我们之间真的无法拿简单的爱恨来衡量。

对于所做的一切，我不想解释些什么，把日记交给你，只是想让你知道事情的真相。当你了解了一切，或者你会赞同我的观点，把小说的题目改为《冤家》，因为这样符合我们之间进退两难的尴尬处境，用它来定位你我的关系再真确不过。

以后我不在，你好好照顾自己，毕竟我们都要独自生活，学会长大。

好了，不多说，我走了。不要再找我。

九朵

7.

九朵离开后的一个星期，我收拾了简单的行李回家。我回去的时候，是个艳阳天，太阳明晃晃地照在头顶，把钥匙插进锁孔的时候，我意外地发现过了这么久家里的锁一直都没有更换。父亲在阳台喂鸟，我在背后轻轻叫他，他吃了一惊。

我告诉他我想知道母亲当年的事情。他"哦"了一声就讲起来，讲的时候没有丝毫的不自在。

其实父亲早在结婚以前他就知道母亲心有所属，却还是不顾反对迎娶了母亲，甚至在日后他知道母亲怀孕的时候也没有丝毫后悔。

是你要母亲把九朵送回去的么？我问。

父亲摇头，他说，是我们共同的意思。

然后他仿佛忽然想起了什么一般，顿时变得警觉起来。我也觉得不对，却又想不出什么地方不对，所以我只能看着他苍老的面孔。

也许是我离开的时间太久了，再次看见父亲的时候，他的白发，额前的皱纹，一切的一切都让我感觉突兀。

我们彼此静立，厨房里岚姨已经开始张罗晚饭，锅铲间彼此接触的"乒乓"声响回荡在房间里。

停了很久，父亲叹了气说：罢了罢了。末七，我不是你的亲生父亲。

我瞪大了眼睛，不可置信。

原来当年母亲在嫁给父亲前已经怀孕，她想要把孩子打掉，可是遭到了父亲的强烈反对。父亲的真心诚意最终打动了母亲，她答应把孩子生下来，并且下定决心从此以后跟父亲好好过日子。似乎一切都安排好了，幸福的生活像平坦的大路在前方伸展开来，可是谁料想到母亲却遇上了难产，经过一天一夜的折腾，最终她生下了我和九朵，却没能保住自己的生命。临终前，她吩咐父亲把其中一个孩子交给朵爸爸，另一个自己抚养，父亲答应了并且决定永远为她保守这个秘密。

我问父亲，为什么后来我们又搬到葵巷的大院里去了呢？

我的心里充满疑问，我无法体会多年来含辛茹苦养育爱人与其他人孩子的良苦用心，更无法理解为什么要和昔日的情敌朝夕相处。但是，在这一刻里我已经彻底地原谅了父亲，他没有背叛和母亲的爱情，他甚至是爱情最忠诚的信徒，在母亲离开之后的20年来，沉默着、忍耐着生活的重压和他人的误解，一言不发。

因为那里是你母亲出生、成长、爱恋的地方，她想回去。他平静地回答。

我看着父亲，这个饱经沧桑的老人，他的爱情被时光卷走，他的所有深情随着爱人的逝去化做轻烟，如今他在我面前把这样一个深刻动人的爱情故事娓娓道来，脸上如此的云淡风轻。

如果你愿意的话，可以和九朵相认，我不反对。

我点头，又摇头，拼命忍耐眼中即将夺眶而出的泪水。

他拍拍我的肩膀：我进屋去了。

我闭上眼睛，已经夕阳西下，阳光不知何时褪去。

我没有更改小说的*名字*……

后来

　　我仍然常常想起九朵，想念她明亮的笑颜，蓝眼影，她既爱又恨地叫我"冤家"。我再没有见过她，一直以来我也不知道她是不是已经知道事情的真相，知道我们原来是一对真正的小姐妹，她是不是回来过，又有没有想念我如同我想念她。

　　这些我都无从得知，我只是觉得我和九朵从小到大，经历过的所有一切都如那天下午和父亲在阳台谈话的夕阳一般逝去了。那些一起欢笑，吵闹的纯真年代一去不复返，连带模糊的还有我们彼此清澈的眉目。

　　我没有更改小说的名字，这是从小到大我第一次没有听从九朵的意见，它还叫《相亲相爱》，可是我知道我们从此以后咫尺天涯，再也无法相亲相爱。

绿海

"林小夜。你说爱是什么颜色的？"

"绿色。"

"那么爱是什么样子的呢？"

"它是一片温暖的海，会把我们包起来，然后就不会觉得冷了。"

"那么爱是一片绿海了？"

"嗯。就是这样的，颜小若。"

1.

艾米丽一样的四边齐短发恰好覆住耳垂，不过我还是看见一颗蓝色星星耳环在她左耳上隐约闪烁。牛仔短裤，红运动鞋，她背一个很大很大的书包，手放在肩膀的背带上，背不由自主地微驼着。

妈妈穿着红花锦缎旗袍，她弯下腰说："这个是小若吧。看上去蛮可爱的嘛。"一边摸了摸她的头，女孩警觉地退后一步，慌张的眼神投向自己父亲。妈妈把手里的糖递过去："给你的，拿住。"她没有接，慌张地摇头。

我在角落看着，不发一言。颜叔叔笑了笑，还是一贯温和的样子，然后他走过来对我说："小夜，这个是叔叔的女儿颜小若。"他拉我到女孩面前，然后把我们的手放在一起。他说："从今天起，你们就是一对小姐妹了，记住你们要相亲相爱。"

那是我第一次见到颜小若。那一年，我15岁，就是那年，她的爸爸和我的妈妈组织了新家庭。

2.

12岁的颜小若和我一样高。炎热的七月里她总穿一件红色无袖衫，明亮得像是非洲雏菊。她的牙很白，却不爱笑，即使笑也是轻轻地咧下唇，再羞涩地收起。我喜欢颜叔叔，因为有了他，我不用在同学们谈论爸爸的时候躲开了，但是我想不出自己喜欢颜小若的理由。

我的爸爸三年前被警察带走了。别人说他贪污公款，可我一直没有机会问他是不是，因为他没有再回来，妈妈也不允许我去看他。

因为颜小若的到来，颜叔叔和妈妈考虑把老房子重新翻修。那天晚饭的时候，妈妈对我说："小夜，今天起小若和你一起住，直到房子装修好。"我没有说话，瞪了她一眼，气呼呼的把汤匙丢进碗里。

晚饭结束以后，颜小若收拾好自己的东西来我房间里。她还是掂着来的时候的那个书包，一样的鼓鼓囊囊。我站在窗边冷眼看她拉开自己的书包，把一堆画册、几盒蜡笔、穿金黄头发的芭比娃娃还有几块巧克力逐一掏出来。她把那些散装的黑巧克力放在手心，反复摆弄。我既羡慕又好奇。她突然抬头，清亮的眼睛恰好和我对个正着，我立刻转过头去，不再看她。

过了一会，颜小若走过来，把手里的巧克力递到我嘴边："这个最大了，给你吃吧。"她真诚地说。

"走开，我才不要呢。"我生气地一挥手，把巧克力打到地上。也许是我的力气太大了，颜小若身体歪了一下，没有站稳，头直直地撞在写字台的桌角上……

我弄破了颜小若的头，看着她额前几滴红艳艳的血流出来，我吓坏了，想着即将面临的责骂，心里更加惶恐。

"去拿毛巾和纱布来。"颜小若坐在地上，拉拉我的裙角。

"你要做什么？"我奇怪她怎么还不向她爸爸告状。

"你去拿来给我包扎下。放心，我们不告诉爸爸妈妈。"她用手捂住伤口，并且做了个调皮的鬼脸给我。

我意外地看着她，说不出话。

就这样，我们笨手笨脚包扎了伤口，对妈妈和颜叔叔隐瞒了真相，当然，颜小若齐眉的刘海也帮了大忙。这件事情以后，我再没有对颜小若心存芥蒂，等到房子完全装修好的时候，我们已经好得密不可分了。很久之后，我和小若提起这件事，都不约而同地称它为"美丽的意外"。

3.

　　我们开始真正像颜叔叔说的那样，相亲，相爱。白天我们一起去学校上课，晚上共享一个被窝。

　　小若和我一样喜欢喝熬上很久的黏黏的粥。家里没人的时候我们就把买来的山药、苹果、杏仁混合薏米统统放进锅里去煮，有时候还加两块薄荷巧克力。在等待粥熟的过程里，小若就坐在电视机旁边看《樱桃小丸子》。她总是喜欢这样那样的卡通片，那个时候我最大的梦想是买全套的《灌篮高手》VCD送给她。

　　我拿一把彩条纹拖布把地板拖得明晃晃的。等到晾干了，我和小若就光着脚丫在上面走来走去或者端一碗热腾腾的粥席地而坐，你看看我，我看看你，两个小女孩傻傻地笑。

我们还一起梦想有一天自己的王子会不声不响地降临到身边。我们想像那应该是个优秀的男孩子，高大英俊，头发柔软，手指修长，并且善良，拥有天使般洁白的心。

　　在天台看星星的时候，小若转头问我："你说会不会有天我们和各自的小王子一起也这样看星星啊？"

　　"会啊。"

　　"要是这样的话，我是不是就不能和你一起看星星了？"

　　"没关系，我们可以四个人一起看星星。"

　　"嗯嗯，我们一言为定。"

　　"好，就一言为定。将来，我们要领着自己爱的男孩子一起来看星星。"

　　"林小夜，你说爱是什么颜色呢？"

　　"绿色。"

　　"爱又是什么样子呢？"

　　"它是一片温暖的海，能把我们包起来，然后就不会觉得冷了。"

　　"那么爱是一片绿海了？"

　　"嗯。就是这样的，颜小若。"

　　这么久了，小若还是没有学会叫我姐姐，她一直都是任性随意地叫我林小夜。她说："这是个泪水般美丽的名字。林小夜，颜小若，我们相亲又相爱。"

4.

我第一次看见那个小丑，是在一座破烂的帐篷里，那个帐篷很花，各种彩色条纹纠结在一起，俗气得厉害，所以我记得了。我看见小丑的时候，他穿一件比帐篷更花哨的外衣，又宽又大。他在表演一个扔鸡蛋的节目，他把它们一刻不停地抛到半空中去，那些鸡蛋仿佛着了魔一般乖乖任他差遣。也许这样的小把戏比不上驯狮的惊险和空中飞人抢眼，可是它却最让我印象深刻，因为我看见那个小丑面具后面的眼睛，它是绿汪汪的一潭水，清澈见底，不得不承认我被他吸引了。

晚上回家的时候，我躺在床上辗转反侧。身边的小若已经熟睡，银色的月光从窗户外面倾泻进来，我轻轻在她耳边说："小若呀，我终于找到那片绿海了。"

这是三年前的事情了。

"林小夜，我要带你去个有趣的地方，我要让你见见我喜欢的男孩。"小若把嘴凑到我耳朵边神秘地说。就这样，晚上8点的时候我们一起悄悄溜出家门，我们要去的地方叫发条橙，是个酒吧。

酒吧里到处是人，音乐轰隆隆的。我大声问："颜小若，那个男孩在哪里啊？"

就在这时，周围突然安静下来了，剩下我一个人的声音在那里回荡，显得格外突兀。我皱皱眉，非常不好意思，可周围并没有太多人注意我，他们的目光都集中在那个小小的舞台。我也好奇地去看，一个穿军绿外衣的男孩子，抱一把木吉他坐在高脚凳上，自弹自唱。他低头拨琴弦的时候，额前的头发垂下来遮住眼睛。

小若拉拉我的衣袖，悄声说："林小夜，就是他。"

一曲结束，男孩走下台，来到我们面前。我看着他，不得不承认小若的眼光好，因为这是个很好看的男孩子，头发微卷，眼睛很大，鼻子又高又挺。遗憾的是酒吧里灯光昏暗，我看不清他的眼神。

"林小夜。这是苏白，我的男朋友。"后面一句话小若说得又急又快，我想她一定是在害羞。

"苏白，你好。"我握住他伸出的手，他的手非常凉。

那以后，我们便时常和苏白一起出去玩，小若喜欢叫他白白，他也不反对，我看得出来苏白也喜欢小若。我真心为他们高兴。

三年过去了，我的小若逐渐长大，她不是我初见时那个短发小女孩了。她穿暗红的流苏裙子，泡泡袖，漆黑的长发柔顺垂下来，她现在是甜美静谧的姑娘了。她手腕上大串细细的银镯子会在她和苏白牵手的时候叮叮当当，响个不停。我喜欢走在他们前面，低头看小若和苏白阳光下甜蜜依偎的影子。我想小若已经找到自己的幸福了，可是我的小丑又在哪里呢，我们什么时候才能一起在星空下漫步呢？

5.

那是个很大的马戏团，旧旧的，布满灰尘。我踏上第一阶地板的时候，听见木头在咯咯吱吱地唱歌，和我急速的心跳相互辉映。我的心脏在胸腔里剧烈跳动，不是因为我爬了12层的木楼梯，而是因为兴奋。我手里有一张皱巴巴的纸条，它上面的地址已经被汗水浸湿，字迹模糊，不过没有关系，因为这是一艘通往幸福的船，我将要借它的力量驶进那片一望无际的绿海。我坚信我的爱人会在不远处等我。

穿过金发女郎、空中飞人和魔术师，我看见角落里的小丑了。他穿着一身肥大的连身衣，脚上的鞋子是巨大的紫红色木船，他看上去笨拙极了。我跑过去，汗水滴在马戏团古老的地板上，从灰尘里溅起一朵朵晶莹的花。我握住他的手——他整个身体惟一裸露在外边的部分，他的手苍白而冰凉，像瓷器。

"我是林小夜，告诉我，你的名字。"我很着急，我担心他是个哑巴，或者他脸上的面具太大会阻止他的声音扩散。

"小绿。"

他的声音晃悠悠地传过来，像窗子外面的含蓄阳光。我很高兴，这一刻他离我是那么近，我看见他绿色的瞳孔，圆圆的红色鼻头，脸上彩绘的五角星像波斯菊一样张牙舞爪。我目不转睛地看着，我多么害怕这是场美丽的梦啊。

"小丑，哦不，小绿啊，你不知道我找了你有多久。"

他低下头，鼻子轻轻蹭了下我的额头，它们相互接触并且盛开出短暂的春天。他说："我知道啊我知道。你是美丽的林小夜，你一直都在找我对么。"

我用力地点头。

小丑轻轻抱了下我，我感觉到袍子里面的他那么瘦弱。我把头靠在他肩膀上无比安心，我手里还抓着那张记录这个城市惟一、落魄不为人知的马戏团地址的纸条。

这张地址是苏白给我的。我很感激他。

小丑拉着我，我们跃下一级级台阶，迅速地朝前跑。我们来到马戏团那座旧楼后，在那里我看见了碧绿的湖水，明镜般宽广。

"你来。"小丑站在不远处的岸边朝我挥手。

我小心地走过去。金色的阳光洒满湖面，并且在他身上勾勒出璀璨的线条，他是很个漂亮的小丑。

小丑拉我坐下，他的手灵活地解开我的鞋带并且脱去我紫色的棉袜。

"你要干吗？"我奇怪地问他。

"嘘。"小丑把食指放在嘴巴前面："等下你就知道了。"

"现在把腿放进去吧。"我依照小丑的吩咐，小心翼翼地把腿伸进湖水里，脚底和水面接触的一刹那，凉意像暗涌包围了我。是盛夏，我穿了条齐膝长的碎花裙子，洁白的小腿在水里自由摆动，我想像自己是一尾美丽的人鱼。小丑倚在一旁的树干上，他吹着口哨，翘起的嘴巴恰好卡在面具孔里，像红色的樱桃。风吹过来，会有细小的粉白花瓣飘落在水中，漾起丝丝涟漪。一切如童话王国里的仙境般美好。

"小丑，这个是什么湖？"

"它不是湖，它是比海洋更辽阔的爱。"

"那么它叫什么名字呢？"

"傻瓜，它就叫绿海啊。"

6.

和小丑分手后，我无比欣喜地跑回家，我想要把自己找到绿海的事情告诉小若。可是小若没在房间里，我坐在窗边的写字台上等她，腿一晃一晃的还沉浸在对绿海的美好回味中。我等了很久，可是小若一直没有回来，天慢慢黑了，我拿了钥匙到外面去找她。

我去了发条橙酒吧，可是里面的人说一整天都没有见到苏白和小若。于是我又去小若的画室。整座楼只有一间画室亮着灯，小若果然在这里。我加快了脚步。在手触到门的那个瞬间，我突然又伸回来了，因为我看见透明玻璃窗后面小若仰起的脸像莲花一样洁白盛开，男孩捧起它，头慢慢地低下去……

我像个受惊吓的兔子，跳起来慌慌张张地往楼下跑去。

那天晚上很晚，小若才回家。她爬到床上唤我："林小夜，林小夜，你睡着了么？"

我很清醒，可是不知道为什么却没有回应她，也许和男孩子接吻的小若让我感觉陌生。

在小若和苏白沉浸在爱情甜蜜的同时，我也和小丑频频约会。小丑下午要排练，于是每天上午我都会去找他；而苏白上午要在学校上课，小若只能下午和他见面，就这样我和小若见面的时间越来越少。时常半夜小若从酒吧里赶回家的时候，我已经进入了梦乡。

7.

我喜欢小丑穿着他斑斓的演出服蹦来跳去。每天我坐在一旁看小丑排练，看他重复那些小把戏，心想小若也一定曾经这样默默注视苏白唱情歌。我们是相亲相爱的小姐妹，我们一同找到了那片绿海，我们多么幸福呵。

小丑一直没有摘下面具，我并不介意，因为我在乎的是他的绿眼睛，我以为其他的一切自己都可以忽略不计。

"如果有天我摘下面具你会不会认不出我来呢？"小丑问我。

"不会的，因为我记得你白瓷一样的双手，只要我摸到那冰凉的温度就一定能够认出来你。"

中午人们都去吃饭了，我和小丑就在空荡荡的马戏团里跳舞。他一只手揽住我的腰，另一只手搭在我肩膀上，他说："一，二，三，迈左脚；四，五，六，迈右脚。"

有一次，我们正在原地转圈圈的时候，小丑忽然停下来。

"林小夜，你把脚放在我脚上来。"

我低头看着小丑船一样的大脚，犹豫："你能行么，我可是很重的啊。"

"试试吧。"

就这样，我学会了站在小丑的脚上和他一起跳舞，我非常高兴，甚至幻想某天可以和我亲爱的小丑一起同台演出。

8.

我和小若开始策划一次四人聚会。我们的计划是这样的，选择一个风和日丽的下午出去郊游。我们可以骑自行车，苏白带着小若，小丑带我，我们一直往北，直到城市最边缘的麦田再停下来。我们来比赛放风筝，我和小若准备好了两只会翩翩起舞的蝴蝶风筝。到了晚上，我们还可以坐在草坪上看明亮闪烁的满天星。计划是完美无缺，只是两位男主角总是推三阻四，不是小绿演出走不开，就是苏白要回学校上课。总之，每次都以失败告终。

"为什么你不能抽出时间来和我们一起出去呢？难道一场演出就这么重要么？"终于我忍不住，开始和小丑发脾气。

他低着头，脚轻轻蹭着地板，一下下。我看着小丑像个垂头丧气的大头针，心软了，主动凑到他跟前说："好了，不生气了。只是，你为什么天天呆在马戏团里不出去呢？还有你总是戴着这个巨大的面具，我都没有看见过你的脸……"我突然委屈，声音渐渐小了下去。

小丑听出了我语气里的伤感，他拉拉我的手，仿佛做出什么重大决定般对我说："好吧。我答应你下个星期天和你一起去见小若，并且，并且到时候把面具取掉。"

我笑了："是呀，再忙也要抽空见下小若，要知道她是我最亲密的小妹妹。"

事情就这样说定了。

星期日的下午，我和小若早早就在路边等小

丑。小若手里还拿了一株向日葵，那是她从发条橙酒吧带回来的。"我们可以把这个送给小丑，他可能还没有在表演的时候收到过鲜花，我把这个送给他，他一定非常高兴的。"小若得意地说。

"苏白唱歌的时候是不是收过很多花？"我问小若。

"当然了。"

"哦。"我没有再说什么，心里不由自主地为小丑难过。

就这样，我们两个盛装打扮的小姑娘，守着一朵金黄色的向日葵等小丑的到来。我的心扑通通跳个不停，我还没有见过面具后面小丑的脸，我甚至不知道那是年轻还是苍老。我不害怕他长得很难看，我只是有些担心脱去了面具的小丑走到我们面前，自己没有看见。

"林小夜，你爱你的小丑么？"等得疲倦了，小若开始叽叽喳喳地说话。

"当然爱了。"

"有多爱呢？"

"就像你爱苏白一样多。"我想了想，认真回答她。

"那么你说苏白和小丑就是我们的绿海了么？"

"嗯，是的。因为我们都很快乐不是么？"

小若点点头，停了下她凑过来，在我耳边说："林小夜，我和你在一起也很快乐，你也是我的绿海。"她的气息轻软地呼吸在我脖子，痒痒的。

"嗯，我知道。"我飞快地回答她，其实还有一句话我没说，那就是：颜小若，你也是我的绿海。

小若手里的葵花无精打采地耷拉下高贵的头。我看看表，时间已经过去了三个半小时，真是讨厌，不可原谅。

"你待在这里等，小若，我去找小丑。"我咬牙切齿地说完，没等小若回话，便飞快地朝马戏团跑去。

9.

我冲进马戏团，看见舞台上，有一个孤单的背影，他不是我的小丑，因为他没有花哨的外套和巨大的鞋子。他穿着白色背心，军绿色裤子，很瘦。我想叫他，问他知不知道小丑去哪里了，可是，等等，他怎么那么像苏白啊……

那个人缓缓转过身，大眼睛，唇边若有若无的笑，微微卷起的头发，天那，他真的是苏白。

"苏白。"我惊叫，"怎么你会在这里？"

苏白伸出手对我说："我们再来跳支舞吧，林小夜。"

我看着他，不敢相信眼前的一切是事实。

"不可能，不可能的。你不是我的小丑，不是的，你不是他。"我一边说一边后退。

"你摸摸我的手，你会认出我来的对么。"苏白笑了，他的笑容那么苦涩。

我颤抖着上前拉住他的手，他的手和记忆里的一样冰凉，可是他的脸是那样的陌生。我心目中小丑完美无瑕的白陶瓷双手顷刻间碎裂了。

"为什么，为什么，为什么你要欺骗我和小若的感情？！"我大喊，抱着头蹲在地上。

"对不起，小夜。我喜欢你和小若，我同时喜欢上了你们两个，我没有办法……原谅我。"

我真希望自己此刻是个目盲或者失聪的女孩，看不见听不到眼前这血淋淋的残酷现实。我看着苏白，这个是我亲爱的小丑么，我反问自己。

这个男孩在酒吧唱歌马戏团表演杂技；他晚上陪小若白天和我约会；他在画室亲吻小若，又在马戏团和我跳舞……不，他不是我的小丑，他也不是小若的王子。

擦干眼泪，我从地上站起来，平静地对他说："你走吧，约会取消了。"我跌跌撞撞地向门外走去，苏白伸手来拉我，我甩开他的手。我碰倒了道具架，呼啦啦地翻了一堆东西，有的砸在我脚上，我也不觉得疼，继续走。

"林小夜，你不能原谅我吗？"苏白又过来拉我，"我只是同时喜欢你和小若而已，要知道你们两个是那么的相像……"

"啪"的一声，我的巴掌清脆地打在了苏白脸上。我继续往前走，这一次苏白没有过来挽留我。

走出马戏团，我的眼泪终于不争气地落下来。

"林小夜，小丑呢？他怎么没有来？"小若拉着我的衣袖问。

"没有小丑，什么都没有了。"我疲惫地回答她。

小若一脸迷茫，她想了想说："你们一定是吵架了对不对。别难过，明天就好了，要么我们叫苏白来一起玩好不好？"

"不要提苏白。没有苏白，也没有小丑，颜小若，你好好想清楚，什么都没有的，我们只有彼此……"我抱着小若，哭得一塌糊涂。

小若轻轻拍打着我的后背，她显然不明白我在说什么，可她还是用力点头："不要哭啊，林小夜，还有我。我在你身边呢。"

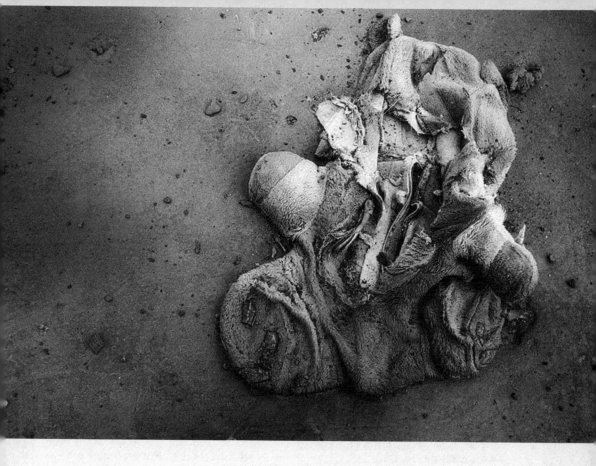

10.

夏天转眼过去了，苏白再没有出现在我和小若生活里。开始的时候，小若总喃喃自语：苏白呢，苏白到哪里去了。后来她似乎明白了些什么，也就不再说了，她的枕边一度和我一样潮湿，我知道那是想念的痕迹。

我和小若没有再去谈论苏白，似乎也不记得曾经说要一起看星星的美丽约定，甚至我们之间一度变得很冷漠。冬天的时候，我带小若去马戏团旧楼后面看了看。树叶落光了，四周是茫茫白雪，一片荒凉，而那片绿海早已消失不见。

我打着哈欠说胡话。
2005-05-11 02:08
～日记断章～

你从此回归大荒自由无往。凌晨2点24分，她的声音轻飘飘像自己不吃饭时候的眩晕。她看了一部无聊的喜剧电影，在此之前她从来不看喜剧片，然后在老套的电影情节面前哭了，一塌糊涂稀里哗啦不能自己。

后来她说你从此回归大荒自由无往。是她说还是她变成希望的想像无从得知。

她想她的台灯了，她又不想看书了，她累得慌想睡觉，睡觉前的嘴巴还没有落锁，她嗅到甜腻的芳香。我问她你流血了你怕不怕。她摇头但是我知道她的腿在很深的夜里窸窸窣窣，它们是睡前浅吟低唱的眠歌。

我知道她发抖了知道她或许真的不怕也知道她的身体越来越差，颤抖是它们的不满。她还会一如既往忽略它们的抗议么。我知道她会，她还会，一如既往不达目的不罢休地坚持一至死方休。

她很详细地讲述她这个晚上或者是凌晨的一场哭泣。淋漓尽致的哭泣应该用最酣畅爽快磅礴内敛的文笔淋漓尽致描述。可是她忘了，突然之间想不起来或者是她无从下手。她不知道哪里会是一个

好的切入点，仿佛她一直搁浅的长篇。其实任何一个点都可以无限制地放大，进入它们，结合并且繁衍是万物的延续。但是那些花朵都在沉，也许它们是微不足道的野花或是万花丛中一朵迎风伸展的小蓓蕾，所以无关紧要。人们来不及关注一朵花的夭折。

不说了什么都不想说。她只想反复诵读：你从此回归大荒自由无往。如果不能语气溢满诡异，那么悄然轻微，似被拨开的帛或伸展的宣纸。她还想说耳朵边反复旋绕的歌词。

Remembering me, discover and see all over the world. She's known as a girl .To those who a free. The mind shall be key forgotten as the past. Cause history will last .she wants to shine. Forever in time, She is so driven, she's always mine, cleanly and free.

唱完了反复的She's only a girl, do you believe it, can you recieve it? 她 又 唱 She wants you to be a part of the future. A girl like me 。

她希望有个女孩喜欢自己，我知道她多么心灰。

体检，郁闷。嘴巴流血，流了很多，干得厉害，苦得要命。头疼，没力气，所有副作用全部出来了。今天去了学校，睡觉看小说，我发现学校是我惟一想要睡觉的地方，可是我已经不习惯趴在桌子上睡觉了，这样会让我翻来覆去。

我想小天了。这个女人有几天没有电话骚扰我了，我发现自己想她了。

小天，也许不会太远，我就可以给你即使不是长远的幸福，起码会有小小的喜悦。不知道，也许一切不会太远，也许永远都得不到。

下午我对着镜子看自己的牙齿。那一切就像嘴巴里面缺失的牙齿，原来自己一直在这样的威胁下恐惧着，隐忍着生活。它们就像这两颗坏掉的蛀牙潜伏着，一直在无休止地无声蔓延。只是不知道什么时候会剧烈地爆发。

渴望独立，这种欲望无比繁茂，生生不息。除了自己的钱和小天的声音，什么都不能让我安心。也许你会说我多么庸俗贫乏，事实的确如此。真相呢？真相永远不被人们所知，即使我在这里如此诚实地诉说或者信誓旦旦，也不能够证明什么，或者给予你或者某人某方面的保障。

轻而易举想起今天课堂上看的小说：这个世上并没有真相，所有的真相都被掩埋了，而寻找并且获知了真相的人都不得好死。

也许它只是教导我们不要固执或者太过清晰明了的生活。

我不排斥死亡，却不想不得好死。从来都不想。

那些被我悄然喜欢过或者明目张胆说爱的人都已经消失了。来了又走，已经不知道走到哪里。即使我知道他们拥有了自己的爱情，拥有了灿烂的前途，但我仍然不知道他们过着怎样的生活。其实他们幸福与否早就和我没有任何关系，幸福说到底只是自己的事，冷暖自知。我不允许自己单方面卑微地惦念或者牵挂某人，我拒绝狼狈，我对自己说：你应该学会喜欢不劳而获。

我心怀悲戚地在这里诉说。事实上我从未真正爱过一个切切实实、自己身边的男人。我爱上的都是我虚无缥缈的想像，它因为遥不可及无法碰触而分外美丽妖娆。

我想起莫曾经跟我说：你要把所有的天分挖掘发挥出来，不应该这样被消磨埋没掉。你的经历和哀伤是一种历练，它们让你比别人做得都好。

可是没人知道我一直拒绝他们的好意，是因为我内心惶恐。我讨厌失败，拒绝和它面对，因而变成一个懦弱、喜欢得且过并且想要睡很沉很长觉的女孩。不清醒就可以不正视这些那些试图忽略和遗忘的事。但我失眠已久，我现在不再白天清醒自然也从未在晚上瞌睡。这样无能且无力，轻微，不值一提。

我想我是平庸的，惨淡经营自己的生命，胸无大志，碌碌无为。

没人告诉她永远到底有多远，幸福到底有多远，她也不知道自己还要走多远。她睁开的眼睛和闭上时一样，什么都看不见。

洗脸
2005-05-08 00:00

让我把你的脸洗得很白白的没有一点粉白的不带一
点脏
你今天又是 12 点起床的太阳又爬得那么高了你说
是不是
我不知道一天里你都干了什么那么你来告诉我吧
我坐下来看表重新走到 12 滴答滴答不停
你也这样一刻不停那么你来说说你做的事情好吧
告诉我你把院子里的草都拔过了么
天气要热了你的头发是不是生长得一丝不苟
你的会唱歌谣会哭泣流兔子眼睛一样红泪水的耳朵
呢它怎么样了
如果你的眼睛还是不大不双那么你也应该已经很美
很美了吧
你的花裙是不是在夏天来临以前准备好了
橘子都红了一切该收获了
如果你不能收获健康收获爱情收获快乐那么起码应
该有了很多钱或者是男人对么绿色的苔藓小姐

你怎么不说话了喂喂喂我在叫你呢
你为什么低头了嘿告诉我你觉得羞愧对不对
哈哈我知道我就知道是这样你看我说对了吧
但是没有关系
来吧
让我把你的脸洗得很白白的没有一点粉白的不带一
点脏
你不用羞愧

苔藓小姑娘今天没有梳头
你把脸埋在身体里把身体蜷在沙发上
你看了一二三究竟有多少记不得了的电影
苔藓姑娘告诉我她的屁股疼
疼得像小时候打针那样麻麻涩涩说不上来的感觉
我说你骗人这么多年没有打针你早忘了那种味道
你走路的时候轻飘飘
晚上十点你突然吃了很多东西然后你后悔你想呕吐

又吐不出来
你站起来重新坐下去
坐下去你看见自己的腿是前所未有的细
原来你在吃的是午饭
你忽然明白了

让我把你的脸洗得很白白的没有一点粉白的不带一
点脏
你任人摆布但是我发誓我不会虐待你你可以坐下来
继续看电影
你看电影里的贞惠吧她是叫贞惠么就是那个和你看
上去一样恍惚的女人
虽然你们不同国家她很大了而你还年轻
可是我知道你一个人在家坐着看电视走来走去或者
发呆干其他的时候
也是这样的心不在焉并且沉默
沉默是坚硬的石头固执的墙和深邃不可逾越的海
请你告诉我什么时候开始你们都不说话了

你说睡觉前刷牙的时候妈妈说要给你买支新牙刷
你的牙齿太坏了像人心这儿缺一块那儿缺一块再也
补不上

那些残缺变得锋利有杀伤力
它们把牙刷打得横七竖八七零八落节节退败
没关系我还是会来给你洗脸
让我把你的脸洗得很白白的没有一点粉白的不带一
点脏

我还听说这个下午你在找一辆来自德国的战车
你想看它的心还有它的爱它的爱啊它的爱
Amour Amour Amour Amour Amour Amour
你不是听了整整一个星期
你又不告诉我什么时候你开始喜欢重复
连续吃米饭总穿一件花裙或者把一首歌翻来覆去地
听
你用了一个下午的时间想找出来可以做链接的地
址
你失败了你重复下载它很多遍都没有找到合适的链
接
别哭或者等等再哭
让我把你的脸洗得很白白的没有一点粉白的不带一
点脏
这样谁都不会发现你的哭泣制造了难看的花脸
我们再不用害怕了 是不是是不是

我爱上了个姑娘
我想告诉你
在告诉你以前我先去了厕所
不为着什么原因
就是为了告诉或者证明给你我多么爱她

它们说我爱的那个姑娘就喜欢呆在那里
它们是一些没有生气的桌椅板凳
它们身上布满的灰尘无声提醒我：你爱上的是个懒
姑娘
它们和她漠然的脸一样沉闷而呆滞
而她喜欢躲在厕所里的姑娘
她喜欢没有灯的房间
她在窗帘后面窥视你
在阳光左面的角落里独自荫凉
在你视网膜右面的孔隙里跳舞

她坐在马桶上翘着脚
踢掉了拖鞋裙子还是一丝不苟地紧贴在身上
她喜欢在这里什么也不想或是天花乱坠的想像
她想像自己张开翅膀能飞拉着裙脚就跑得飞快
那么快那么快她肯定来不及想起那些过去的事

这个姑娘是绿色的 你可知道

她的眼睛是绿色的
嘴巴是绿色的
指甲是绿色的
头发是绿色的
拖鞋也是绿色的
她浑身上下的绿色把自己怀里的冰块也染成绿色
绿色是一种浸染

她就是有魔力把绿色发扬光大
好像蔓延忧伤和传染思念一样

我想好好看看她
在被丢失被遗弃和忘记以前看清她的脸
可是她不让
她不让我看她左眼下面的褐色小痣是一朵妖娆盛开
的眼泪花
不让我看她的裙子大得像飞翔的翅膀 打开的口袋
和张满的风帆
它们有多宽敞她上下两瓣嘴唇就有多友好
它们因为太过相爱所以彼此密不可分
所以也注定了我爱上的是个哑巴姑娘

我爱她可她不爱我她爱上一个穿 31 号球服不爱她
的男孩

她爱他当他从男孩变成男人 她从娃娃长成姑娘那么漫长
等待是一个又一个没有声色的冗长夏天相加相乘的总和

她现在不仅哑巴了还用完了所有的表情
于是她只喜欢自己呆着哪儿也不要去不想去
她有一二三个月没有见过太阳了
春天完了她都不知道现在穿什么衣服
她穿着芍药花绸裙子蝴蝶一样翩翩起舞
从东到西从南往北来来回回始终还在这里
她的房子在二楼 朱红色大门颜色很惆怅笑容很颓败
是不是绿城葵巷 1985 号马戏团还有待考证
可是如果你来千万不要认错门 千万不要大声叫她
她的名字叫苔藓 你是不是还记得 记得她的绿色和潮湿
要是你吓到她
她会躲在房门后面 床底下或是被子里瑟瑟发抖
她放了很大声的音乐 声音隔着门渗透到你耳朵心脏手指甲里
一清二楚彼此都心知肚明她却还欲盖弥彰的不给你开门

你说究竟应该怎么办 怎么办才是好呢

你对她的小心眼怀疑和神经质是不是也无可奈何
凌晨四点半我看见天的颜色变成肮脏的白裙一样污浊
她还在和恐怖电影一起玩耍
她总是和那些乱七八糟的电影文字游戏或者念不出名字的歌非常要好
她趴在桌子上不知不觉睡着
她陷在沙发里对着镜子发呆
她硬生生地吞下大把的药片
她头不梳脸不洗牙也没刷就闭着眼睛把草莓往嘴巴里塞
她爱上这些无关紧要的小东西和无可救要的坏习惯
她和它们相依为命

它们让她沉醉痴迷和疲惫
它们是美丽的幻觉 巨大的陷阱
终有一天她会死在自己的虚妄里 我也要一如既往的爱她
当有一天她已死在自己的虚妄里 我满心欢喜来把她装殓

text: 小刀

匙在窗台的阳光下。"

那是蓝色吗?

我喜欢的,近似于无限透明的蓝色,如同婴儿挥动四肢游在温暖的母亲腹中,阳光是天使的目光你从其中抽身而下,向蓝色的更深处游去,你目光柔和鼓起双腮突出一串圣洁的珍珠她们的表面有基督的眼泪,你掏出双手奋力向上。

那个男人独自驶往内华达沙漠,你难道看不到那只鸟吗?

村上龙在《近似于无限透明的蓝色》最后写道:"丽丽,你现在在哪儿? 四年前我去过你家,你不在那儿住了。你如果买了我这本书的话,请跟我联系。回路易斯安娜州去的奥加斯塔给我来过一封信,说他在开出租车。还向你问好。我猜你大概和那个混血儿画家结婚了吧。你结婚了也没关系,我很想见你一面。我们一块儿唱一支歌。"

那是祷告的姿势吗? 在蓝色里的你像一尾鱼。

3200度的镜头滤色片是透明的,性爱的色调,$37\,度2$。

他说,她只知道王家卫和村上春树,她不喜欢戈达尔,斯特拉文斯基的音乐对她来说则完全是狗屁,她认为我应该去

好几年前的时候,我还能把这段对白背得滚瓜烂熟,连带着Henry Miller的《北回归线》的某些段落,"那天,莫娜来信说要来看我,她要我去车站接她,我以前力不从心,而现在,一切都已经就绪。"多么煽情,我想。

所以,电子鼓从远方响起,我看见你奔跑而来,你穿着浅色T恤和瘦瘦的英式小尖领夹克,你从大笨钟下飞奔而来,你穿过边上都是两层楼的街道,风在你的喉咙里翻滚,一根钢丝从眼眶穿过你倒在车上然后翻身而过报以微笑。

有人告诉我说: 一年前,半年前,我还以为自己会成为一

"Choose life. Chose a job. Choose a career. Choose a family. Chose a fucking big TV. Choose washing machines, cars, compact disc players and electrical tin openers......Choose DIY and wondering who the fuck you are on a Sunday morning. Choose sitting on that couch watching mind-numbing, spirit crushing game shows, stuffing junk food into your mouth......choose your future. Choose life......But why would I want to do a thing like that?"

光
日
之
下

under the dayligt, nothing new

个牛逼的艺术家。

两天前,我穿着黑色的新毛衣,拿着破笔记本去找他,告诉他,写言情小说。

他说,布莱希特是对的,维特根斯坦是对的,不可言说的东西就是不可言说的,这个世界每天在发生种种巧合,但我们依然孤独。

他转过身去,他说,好吧,那么就言情吧,你知道我对此并不在行,但我要唱给你听,或许会有很多人听到,但我想你知道,我是唱给你听的,你这没人知道的开在黑暗边缘的鲜花,你是我通向我不存在的美丽回忆的金钥匙,我要为你歌唱,真的,歌唱。

是的,我们从阁楼出发从楼梯间的缝隙里向上看,把头调转过来看,安静的光亮在针筒的末端闪耀得那么安详。

金斯伯格的母亲是个共产党员,她留给他的遗言说,"爱伦,不要吸毒,爱伦,结婚吧,爱伦,我有家里的钥匙,钥

学开车然后每天为她朗诵聂鲁达的诗歌,我不爱她,但我离不开她。我们身处两地但依然保持关系,这让我说来惭愧,我们互相关心,性生活也依然和谐,她让我感到安全,让我留有一丝最基本的虚荣心,然而这无济于事,克尔凯郭尔的爱情,被叔本华打碎的姑娘。

他说,倘若有两把枪,一把献给女人,一把留给自己。

朱文说,女人是5根直线和4个圆,但这一切却都可以省略。

从哪儿来的声音?

那电子节拍器和一连串的滑动音。

生活的节奏加重了不是吗?

幸好还有键盘,你把自己放在数列排序的音效里,节拍节拍为什么那么快,从一个高音滑落从电吉他的一段到另一段,你的噪音在颤抖着发出孩子般的嘀咕,一只气球从房间的一头撞到另一头,那花纹,像极了扩散的水波,划一个圆圈远去。

你看见了那银色的紧身裙在灯光下闪烁吗？和那对冷漠的眼睛和渴望热烈的灵魂。心跳如同沉重的号角和着遥远的午夜钟声，荷兰队朝大门踢了狠狠一个波，是海妖在摇晃她的长发歌唱束住住了灵魂，还是苏格兰的绿山作为你的背景呢？压住我的耳膜却是神性的唱诗。

那么终于到了这个结局："just a perfect day"，戴着墨镜的憔悴的老头，岁月在你脸上撒谎，我们去看看动物和电影，吃个冰激凌，just a perfect day, you make me forget myself…I thought I was someone else, someone good.

时间带走了所有，我们的身体和以前不一样了。死亡，并不比生活更令我们憔悴。是的，我残酷地告诉你，我还记得，第一次见你时，你坐着。

好吧，假如你在北京，或许你会遇到她，如果你认出了她，请帮我向她问好，请记住，她的左边眼角下有一粒小小的黑痣，请告诉她，她是我爱的姑娘。

最后让我们大家一起来欢快，吃顿晚餐，把台球一个个按颜色排列出来，二比一，二比一，电子风筝在变声噪海里漂浮，你在钢铁上跳舞，向四周扩散，忽然变得幽怨？又突然像个乒乓蹦来蹦去？

在下面的世界里，琴键总是重重地被敲响，你戴着电子镣铐对我说：boy, boy, come on, come on, just as you，变成图像没有音乐，罗曼蒂克，水从脸颊滑落，别和我谈爵士好吗？丁丁东东我的骨头在响仙乐飘飘，啦——啦——啦——啦——啦——啦——我的胳膊抬不起来了呢，把幻想禁锢。

我记得，《北回归线》第一章最后一句话："天一亮，便会发生什么事的。至少我们可以一起上床。再也没有臭虫。雨季已开始。床单干净极了。"

日光之下，维姆·文德斯在他的宽幅照片《日出加利利湖》下面说道："一切未曾改变。"

text: 吴藏花

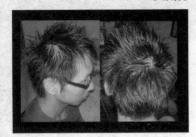

为了告别的 长岛冰茶

春天过去了，每个季节消逝的时候，总有些人悄无声息地离开，总有些事，像巴士站台上的海报，渐渐消褪了色彩。在一场幻觉里，梦见蝴蝶扑翅着消失在一阵风里，地铁呼啸而去，犹如不再返回的最美好的年华。在这个城市里，到处流淌着露骨的忧伤，我们穿越那一场场流动的圣节，刻骨铭心，朝生暮死。

春天的北京，樱花开得热烈，仿佛没有来世一般，如今已是夏天，流水花落去。而他的记忆里，有故乡的桃花在等待。于是我怀念南方，湿漉漉的忧伤的南方，在北京的大风里，我怀念她，骨子里的温柔，宽大墨镜后的湿润，一点一点下沉的幻灭感觉，生命里最早被烟草和酒精灼伤的痕迹。

我们所有的痛苦都来自敏感内心的挣扎，不要同情，不要怜悯，但请允许我的脆弱、不坚定。

好吧，让我要一杯长岛冰茶，褐色的液体粘满冰凉的杯腹，隐忍地诉说抽屉深处的秘密：玻璃水杯上的花纹、夜晚白色栀子花绽放的小小疯狂、油漆剥落的朱红色木楼梯扶手、偷偷放进信箱里的感冒药片。

长岛冰茶，继续向左，缓慢地旋转，沉默，沉默就好。日落之后，清晨之前，在酒醉后的清醒，在悔悟前的放纵。

这里很好，白色的，红色的，灰色的柔软沙发，蜗居动物，长长的纱帘，垂下来，垂下来，笼住奇妙的烟雾，犹如幻想。叠了一只纸飞机，随手拐出，仿佛一次口是心非却又真诚不堪的誓言，轻易地许与他人，真的，仅此而已，仅以此是。

她呢，随身携带一罐长达六年的残忍的异国之恋，不能说，不能说，一开了拉环，嘶地一声，一切都成虚无。

对不起，不是《情人》，不是杜拉斯，是《情留西伯利亚》的安塔列望向远方白桦林里她怅然离去的马车和他的明亮双眸。是 TMD 生活在模仿肥皂剧，还是肥皂剧编剧们都曾经历过让人心碎的海枯石烂？

像《春光乍泄》里一样，抱一只 90 年代的黑色随身听，搁在海角天涯边，可惜，没有灯塔，没有船自远方来。

走进洗手间，微笑着面对镜子，光洁，如同我 17 岁时的脸庞，泪流满面。

"我就在这里，一直就站在这里啊，你在哪里？"

她局促地弯下身子，捡起钱包里的旧照片，像是在挑选一张前往天堂的车票。

可是《六月之蛇》里说："让我们共赴地狱"，是啊，我美丽的苏珊，不是说好了吗？你带上你的红舞鞋，真的，只有傻子才悲伤，愤怒早就死掉了，生，便当如夏花。

来吧，来吧，伸出你的手，让我们一起，一起，也许能找到 Oasis 的新专辑。

神的孩子都跳舞，不是么？

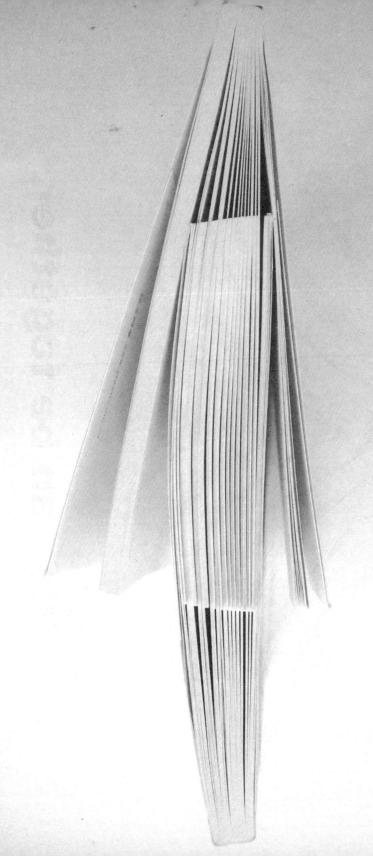

We can be together.

当我们这样紧紧咬合在一起的时候，谁也别想轻易将我们拉开—《捌零志》

We can be together.

当我们紧紧依靠在一起的时候，哪一座能比我们更尖锐？ ——《捌零志》

by teru(JWT Group China)

SO
JOIN!
MOOK80
捌零志

email:wucanghua@163.com
phone:010-81434348

director 总监：吴藏花

vision director 视觉总监：陈彦嘉 cyka(cylph.org)

cover art 封面：cyka | the extracting blossom

design 全程设计：cylph.org

us 我们：
　　qicita（Shanghai)
　　teru(Shanghai)
　　fan(Fujian)
　　ray（Beijing)
　　bonbon（Japan)
　　妖妖（Tianjin)
　　cc（Hangzhou)
　　viezone（Beijing)
　　musicparking（Beijing)
　　小童 (Xian)

thanks to：大雅文化
　　　　　赵爱华

图书在版编目（CIP）数据

捌零志 .2/ 张佳玮，吴藏花著 . —石家庄：花山文
艺出版社，2005
　ISBN 7-80673-684-0

Ⅰ . 捌 ... 　Ⅱ . ①张 ... ②吴 ... 　Ⅲ . 社会生活－概况
－中国－ 1980 ～ 1989　Ⅳ .D669

中国版本图书馆 CIP 数据核字 (2005) 第 061759 号

书　　名：捌零志　vol.2

责任编辑：李爽
美术编辑：齐慧
责任校对：童舟
出版发行：花山文艺出版社（邮政编码 050061）
　　　　　（河北省石家庄市友谊北大街 330 号）
网　　址：http://www.hspul.com
E-mail：hswycbs@heinfo.net
销售热线：0311-88643226　88643227　88643228
传　　真：0311-88643225
制　　版：凯基印刷（上海）有限公司
印　　刷：凯基印刷（上海）有限公司
经　　销：新华书店
开　　本：730×970 毫米　1/16
字　　数：120 千字
印　　张：9.5
版　　次：2005 年 7 月第 1 版
　　　　　2005 年 7 月第 1 次印刷
印　　数：1-10000 册
书　　号：ISBN 7-80673-684-0/I·315
定　　价：22.00 元